U0923282

抒情诗四

普希金文集

上海译文出版社

ПОЛНОЕ СОБРАНИЕ СОЧИНЕНИЙ IV

冯 春——译

目 次

一八二五

焚毁的情书 …… 003
"一次有人报告沙皇，列戈" …… 004
致朋友们 …… 006
"欧罗巴不需叹气" …… 007
颂诗（呈德·伊·赫沃斯托夫伯爵大人） …… 008
松明活着，活着！ …… 012
致科兹洛夫（为收到寄赠的《修道士》而作） …… 013
声誉的想望 …… 015
EX UNGUE LEONEM …… 017
致普·亚·奥西波娃
（"也许我已不会在平静的"） …… 018
"保护我吧，我的护身符" …… 020
安德烈·谢尼埃
（献给尼·尼·拉耶夫斯基） …… 022
致罗江科（"你曾经许诺和我一起"） …… 032
致**（"我还记得那美妙的一瞬"） …… 034
新郎 …… 036
"假如生活欺骗了你" …… 045
酒神之歌 …… 046
致 H. H.（寄赠《涅瓦丛刊》附诗） …… 047
萨福 …… 048
"比起田野初放的繁花" …… 049

十月十九日 …… 050
劝告 …… 058
运动 …… 059
夜莺和布谷 …… 060
友谊 …… 061
“为了怀念你，我奉献出一切” …… 062
《浮士德》中的一场 …… 063
冬天的晚上 …… 070
“血液里燃烧着欲望的火焰” …… 072
“那是我姐姐家的花园” …… 073
风暴 …… 074
“我爱你未曾领略的黑暗” …… 075
散文家和诗人 …… 077
“虽然在命名日写几首小诗” …… 078
“你出了什么事，告诉我，小兄弟” …… 079
译自葡萄牙文 …… 080
《少女》第一歌的开篇 …… 083
“与你为邻我们提心吊胆” …… 085
“戴肩章的库杰伊金，我的朋友费塔” …… 086
“在饮宴者的前额，在婕丽娅美妙的酥胸” …… 087
“玫瑰刚刚凋萎” …… 088
《浮士德》构思的草稿 …… 089
“你的金色青春我曾经亲眼目睹” …… 093
“为了家庭的亲爱和友情的温厚” …… 094
“月亮闪耀着光辉，大海静静地安睡” …… 095
“为皮鞭与笞刑说情的人们” …… 096
“俄罗斯文学得了病” …… 097
“悲伤的月亮在空中” …… 098
致维亚泽姆斯基函摘抄
（“讽刺作家和爱情诗人”） …… 099
致维亚泽姆斯基函摘抄
（“在偏僻的乡间，过着斋戒般的生活”） …… 100

"沙皇皱紧了眉头" …… 102
"我很愿意摈弃长篇大论" …… 103
译自伏尔泰（"白昼渐渐短，黑夜渐渐长"） …… 104
"在哪一个星座下面" …… 106
致安娜·沃尔夫
（"唉！我枉然向那高傲的姑娘"） …… 107
断章 …… 108
"尽情嬉戏吧，可爱的孩子" …… 108
"你们都笑我迷上一个活泼的姑娘" …… 108
"在别人的前厅他彬彬有礼" …… 109
"告诉我，夜啊，为什么你那宁静的幽暗" …… 109
致丘赫尔别凯
（"祝愿你那善良的保护神保佑你"） …… 109
"多么宽广" …… 109
"在放逐的那一天，在秘密的洞穴" …… 110

一八二六

致巴拉丁斯基
（"你那中篇故事中的每行诗"） …… 113
致济娜（"济娜，这是我的肺腑之言"） …… 114
译自阿里奥斯托《疯狂的罗兰》第23歌 …… 115
"在她祖国的蔚蓝色天空底下" …… 122
致维亚泽姆斯基
（"难道是大海这古老的凶手"） …… 124
致雅泽科夫
（"雅泽科夫，是谁启发了你的才思"） …… 125
斯坚卡·拉辛之歌 …… 127
自白
（致亚历山德拉·伊凡诺夫娜·奥西波娃） …… 131
先知 …… 134
致叶·亚·季马舍娃 …… 136
致伊·伊·普欣

（“我的第一个朋友，我最宝贵的朋友！”） …… 137
斯坦司（“我毫无畏惧地正视着前方”） …… 138
答Φ. T***
（“不，她不是切尔克斯姑娘”） …… 140
冬天的道路 …… 141
“在一座希伯来人的小屋里” …… 143
致**（“毫无疑问，你就是圣母”） …… 145
致维利科波利斯基函摘抄
（“我又要和你算一笔账了”） …… 146
“只要那能言善辩的双唇” …… 147
“祝愿新婚的幸福一家” …… 148
致奶妈（“我那严峻日子里的友伴”） …… 150
致索波列夫斯基函摘抄 …… 151
断章 …… 153
“起来，起来吧，俄罗斯的先知” …… 153
“假如我能够，也会像个小丑” …… 153
“去显示晨装的缤纷多彩” …… 153
“当我们的心突然揪紧” …… 153

一八二〇——一八二六

“在神圣树林沉睡的岸边” …… 157
题赫沃斯托夫伯爵的悲剧 …… 158
“无论做什么您都不顺手” …… 159
“啊，辛辣讽刺的缪斯” …… 160
题亚历山大一世
（“他在战鼓声中长大成人”） …… 162
“巴拉丁斯基在梦想什么” …… 163

一八二七

“在西伯利亚矿山的深处” …… 167
夜莺和玫瑰 …… 169
讽刺短诗（选自诗选）
（“神弓在响，神箭在颤抖”） …… 170
“有一株奇妙的玫瑰” …… 171
致叶·尼·乌沙科娃
（“在古代往往都是这样”） …… 172
致季·亚·沃尔康斯卡娅公爵夫人
（奉寄长诗《茨冈人》附诗一首） …… 174
致叶·尼·乌沙科娃
（“虽然离开您很远很远”） …… 176
三股清泉 …… 177
阿里昂 …… 178
致莫尔德维诺夫
（“叶卡捷琳娜时代的最后一头苍鹰”） …… 179
天使 …… 181
“多么美妙的夜！寒风凛冽” …… 182
致基普连斯基（“瞬息万变的时尚的宠儿”） …… 185
赞美诗
（献给叶卡捷琳娜·尼古拉耶夫娜·卡拉姆辛娜） …… 186
诗人 …… 187
“在繁华的威尼斯辖区附近的地方” …… 189
译自阿尔菲耶里 …… 190
致杰尔维格函
（“杰尔维格，请接受这个骷髅”） …… 192
“贵族的马厩各方面都很出色” …… 199
“受帝王们赏识的诗人有福了” …… 201
“在猎人喜爱的卡里亚树林里有个山洞” …… 202
一八二七年十月十九日
（“愿上帝保佑你们，我的朋友们”） …… 203

护身符 …… 204
题巴维尔·维亚泽姆斯基纪念册 …… 206
“春天哪，春天，恋爱的季节” …… 207
“啊，是你让深厚的感情” …… 208
“我知道那个地方，在那里” …… 209
“鸨母忧愁地坐在桌旁” …… 210
驳贝朗瑞先生 …… 214
“珍爱忠诚的象征” …… 217

一八二八

致友人（“不，我不是喜欢谄媚的小人”） …… 221
致《讥赌徒》作者维利科波利斯基函 …… 223
“自从条顿骑士团血洗” …… 226
“谁知道那地方？那里的天空” …… 229
致弗·谢·费利蒙诺夫
（为收到寄赠的长诗《愚人帽》而作） …… 233
TO DAWE, ESQ. …… 235
回忆（“当喧闹的白日为世人沉寂下去”） …… 236
你和您 …… 237
“枉然的赋予，偶然的赋予” …… 238
致伊·瓦·斯廖宁
（“我不喜欢时髦的纪念册”） …… 239
“料峭的寒风还在呼呼地吹” …… 241
“小小的牝马，你是” …… 242
她的眼睛（答维亚泽姆斯基公爵诗） …… 243
“美人儿，你不要在我面前” …… 245
致雅泽科夫（“我早就想去将你拜访”） …… 247
肖像（“她有一颗燃烧的心灵”） …… 249
知心 …… 250
“这样的人有福了，他被你那” …… 251
预感 …… 252

溺死鬼（民间故事） …… 254
“诗韵啊，灵感的闲暇” …… 258
“乌鸦向着乌鸦飞去” …… 261
“繁华的城市，可怜的城市” …… 263
一八二八年十月十九日 …… 264
“喷泉飞溅，射向周围的石墙” …… 265
箭毒木 …… 267
答卡捷宁（“热情如火的诗人，你枉然”） …… 270
答安·伊·戈托夫佐娃 …… 272
小花 …… 274
诗人与群俗 …… 276
“我从前是怎样，现在还是怎样” …… 279
幼儿墓志铭 …… 280
“唉！爱情的话语总喋喋不休” …… 281
致尼·德·基谢廖夫
（“到异邦去寻求健康与自由吧”） …… 283
基尔查里 …… 284
“费多罗夫，请不要登门找我访问” …… 285
在安·彼·凯恩纪念册上的题诗 …… 286
“我生下来就是个可怜的早产儿” …… 289
“大胡子村长阿夫杰伊” …… 290
“我的心跟着 Netty 飞去” …… 291
“多么快啊，在辽阔的原野上” …… 292
“利欣斯基死了——这是祖国的不幸” …… 293
“死者是个耍笔杆的，身材枯瘦” …… 294
断章 …… 295
“我的朋友，请把我忘记吧” …… 295
“然而你们敬重的是我的年纪” …… 296
“为生活的煎熬而疲惫不堪” …… 296
“我醒了——最后的梦境” …… 296
“在我跟前的晶莹酒杯里” …… 296

一八二九

致伊·尼·乌沙科娃（题纪念册） …… 299
致 E. Π. 波尔托拉茨卡娅
（“如果上帝可怜我们”） …… 301
“马车快到伊若雷的时候” …… 302
预兆 …… 304
文坛消息 …… 305
讽刺短诗（“受到杂志的残酷侮辱”） …… 306
“诗人兼赌徒，啊，贝维雷兼贺拉斯” …… 307
讽刺短诗
（“在古代的老东西戈切尔戈夫斯基”） …… 308
（寄赠斯芬克司青铜像附诗） …… 309
“夜晚的雾霭笼罩着格鲁吉亚的山峦” …… 310
致卡尔梅克姑娘 …… 311
“世上有个穷骑士” …… 313
译哈菲兹诗（幼发拉底河岸的军营） …… 317
奥列格的盾牌 …… 318
“当我用那匿名的讽刺诗” …… 320
“你是个幸运儿，在漂亮的傻姐儿中” …… 321
鞋匠（寓言） …… 322
顿河 …… 323
旅途怨言 …… 325
“冬天。我们在乡下该做些什么事” …… 327
冬天的早晨 …… 330
讽刺短诗
（“白发的嘘嘘斯托夫！你曾光荣地称王”） …… 332
讽刺短诗（“小男孩向福玻斯呈上颂诗”） …… 333
“我曾经迷恋过您，也许，爱情尚未” …… 334
“走吧，我准备好了，朋友们，不管到哪里” …… 335
“每当我在热闹的大街上漫步” …… 336
高加索 …… 338
雪崩 …… 340

土耳其骑兵 …… 342
卡兹别克山上的修道院 …… 344
昆虫标本集 …… 345
“当唧唧喳喳的流言对你” …… 347
题征服者的半身雕像 …… 349
“你建立的功绩将得到称赞” …… 350
“在那令人陶醉的雅典城” …… 351
题《涅瓦丛刊》中的《叶甫盖尼·奥涅金》插图 …… 352
“我们又一次赢得了荣誉” …… 354
“点名号在吹响……衰老的但丁” …… 356
“指望得到我的蔑视” …… 357
“我曾去过顿河人那边” …… 358
“一份绝非欧罗巴的杂志” …… 359
“叶莲娜，你为何如此慌张” …… 360
“唧唧喳喳的白肚皮鸟儿” …… 361
皇村中的回忆 …… 362
“啊，福玻斯，请你再倾听一首” …… 366
“捷列克河奔流在高山峡谷间” …… 368
“可怕又无聊” …… 369
断章 …… 370
“阴森悬崖当中的山谷” …… 370
“为美人儿乌沙科娃的形象操劳” …… 370
“啊，文明的精神和经验” …… 370

一八二五

焚毁的情书[①]

永别了，情书，永别了！是她的吩咐……
我久久地踌躇，我的手曾经几度
不愿把我的全部欢乐付之一炬！……
可有什么办法，时候到了：烧吧，宝贝。
我下了决心，我的心不再犹豫。
贪婪的火焰已把素笺席卷而去……
只一分钟！……点着了！燃烧……一缕轻烟，
缭绕着，连同我的祝祷慢慢飘散。
火漆在熔化、沸腾……啊，上帝！
那上面戒指压下的印记在消失。
烧完了！黑色的信笺一团团卷起，
在轻飘的纸灰上那些珍贵的字迹
变成白色……我的心揪紧了。可爱的纸灰，
是我凄苦命运中可怜的安慰，
请你长留在我这痛苦的心底……

---

① 这首诗写的是普希金焚烧伊·克·沃隆佐娃寄自敖德萨的信时的心情。普希金曾一度迷恋沃隆佐娃。

* * *

一次有人报告沙皇，列戈①，
那个叛党领袖终于被惩办，
“我真高兴，”擅于谄媚的马屁精②说，
“这回世界上少了一个坏蛋。”
在座的个个垂下眼睛三缄其口，
这冒失的宣判让大家心中暗笑③，
在斐迪南④眼中列戈犯有罪行，
这点我承认，他因而被处以绞刑。
不过请问，这样热衷于损贬
刽子手手下的牺牲是否体面？
连皇帝本身也不想以自己的微笑

---

① 拉斐尔·列戈-努涅斯（1785—1823），西班牙革命家，革命失败后被处死。
② 指诺沃罗西省总督沃隆佐夫。
③ 1823年10月1日沙皇在图尔钦宴请群臣，宴会上收到时任法国外交大臣的夏多勃里昂来信，报告列戈被捕的消息，沙皇亚历山大将此消息转告群臣。当时列戈并未被处决，但沃隆佐夫却已宣告“世界上少了一个坏蛋”，因而引起群臣暗笑。
④ 斐迪南七世（1784—1833），西班牙国王。

奖励这种逢迎讨好的表白：
马屁精啊，马屁精！尽管你很无聊，
但可否保持一点高尚的姿态。

致朋友们

我的仇敌们，我暂时沉默着……
看样子，我迸发的怒火已平息；
但我一直注视着你们，
随时会找一个给以还击：
他绝逃不过我尖利的爪子，
我会无情地突然猛扑过去。
一如空中盘旋着的饿鹰，
始终盯住肥鹅和火鸡。

*　*　*

欧罗巴不需叹气，
别沮丧，这不是灾难！
从彼得堡泛滥的洪水里，
《北极星》[①]又死灰复燃。
别斯土热夫，你的方舟在山地！
帕耳那索斯山[②]在闪光，
在拯救万物的方舟里，
人畜都安然无恙。

① 《北极星》丛刊编辑部在1824年11月7日的彼得堡洪水中被淹，但在1825年3月21日又复刊。别斯土热夫是该刊编辑。

② 希腊神话中诗神的灵地。

颂　诗

（呈德·伊·赫沃斯托夫伯爵大人①）

　　国王苏丹正怒火中烧。[1]
埃拉多斯②的鲜血在奔流[2]，沸腾。
希腊人发现了古代的财宝，[3]
残暴的皮特[4] 在冥河中战战兢兢。
瞧——一艘航船鲁莽地往前冲，
双方在交火，开炮猛轰。
这位拜伦是福玻斯的典范，
但腾飞的疾病[5] 突然来到，
那负心而又执拗的快刀
在他的头上将死亡高悬。

　　德高望重的不朽诗人③，
如今埃拉多斯正把你呼叫，

① 这首"颂诗"讽刺赫沃斯托夫、彼得罗夫（1736—1799，俄国诗人）、德米特里耶夫等喜欢用旧体文写颂诗的人，同时也嘲笑那些迷恋于这种风格的青年人，如丘赫尔别凯、雷列耶夫等。
② 希腊语对希腊的称谓。
③ 讽刺赫沃斯托夫。

请你去代替那著名的亡魂，
刻尔柏洛斯[①]正在那里哀号。
如同在这里，在那里你还是参政员，
如同在这里，你仍蜚声在文坛，
但在那血迹斑斑的土地上，
有一顶新的桂冠在等着你：
伯里克利和地米斯托克利[②]的桂冠，
飞去吧，我们的赫沃斯托夫！亲自去。

　　仇恨在对你和拜伦谈心，
实实在在的奉承在喧响。
他是勋爵，你是伯爵，都是诗人，
有人以为，你们俩显然很相像。
绝不！你和忠诚的夫人[6]
承受着沉重的变幻的命运，
生活在爱情之中——再说，
他很深沉，却一成不变，
你也深沉，却变化多端，
在嬉闹中你确实是个歌手。

　　而我，一个不知名的诗人，
跟在那著名诗人之后，
在新的狂喜之中放声

---

① 希腊神话中生有三个头的恶狗，负责看守地狱的大门，防止阴魂逃出。
② 伯里克利（约前 490—前 429），雅典统帅，民主派领袖。地米斯托克利（约前 525—前 460），雅典统帅。

歌唱自己真正的颂歌。
我祈祷，为那飞驰的航船，
但愿他能看见拜伦的庭院[7]，
愿尼普顿①、宙斯、维纳斯、普路同②，
赫柏③、普绪喀④、正义女神、克洛诺斯⑤，
福玻斯、游戏神、笑神、卡隆⑥、巴克科斯⑦，
都来保护你的安详的梦。[8]

原注

1. 此句模仿我们的著名抒情诗人彼得罗夫先生。

2. 威廉·卡尔洛维奇·丘赫尔别凯在他致格里鲍耶陀夫先生的书简诗中十分得意地使用了这个词。

3. 财宝这个词应理解为当今的列昂尼德们、阿希尔列斯们和米尔提阿德们对穆斯林的仇恨。

4. 皮特，大名鼎鼎的英国大臣和著名的反自由人士。

5. 指热病。

6. 赫沃斯托夫伯爵夫人，在娘家时为戈尔恰科娃公爵小姐，与我们这位德高望重的歌手十分般配。他在自己的许多诗作里总称她为婕米拉（见颂诗《祝酒歌》中最后一条注释）。

7. 此处模仿赫沃斯托夫伯爵大名鼎鼎的友人、一等文官伊·伊·德米特里耶夫大人的大作：

看见飞驰的航船，
我从祖居的庭院
向你伸过双手去。

---

① 罗马神话中的海神。
② 罗马神话中的冥王。
③ 希腊神话中的青春女神。
④ 希腊神话中人类灵魂的化身，以少女的形象出现。
⑤ 希腊神话中的提坦巨神，曾统治世界，后被宙斯推翻。
⑥ 希腊神话中冥河上渡亡灵的神。
⑦ 罗马神话中的酒神。

8. 在这里，诗人沉醉在想象之中，他已经看见沉睡在甜蜜的梦乡里、正在靠近极乐的埃拉多斯海岸的伟大抒情诗人。尼普顿在他面前平息了惊涛骇浪；普路同从无底深渊里走了出来，为了看看那个在短时间里能为他提供大量崇拜伪先知者的幽灵的人。宙斯在天上对他微笑；维纳斯向她心爱的歌手撒下鲜花；赫柏举杯祝他健康；普绪喀化身为伊波利特·鲍格丹诺维奇对他表示敬慕；正义女神预感到自己将恢复统治；克洛诺斯手持镰刀准备收割；福玻斯欢天喜地；游戏神、笑神和卡隆快快乐乐地成群追随着我们不朽诗人的航船向前飞驰。

松明活着，活着！[①]

“怎么！撰稿人松明还活着？”
“活得好好的！还那么干瘪、乏味，
又粗暴，又愚顽，为忌妒而憋气，
还把旧的胡话和胡编的新闻
不断塞进那低劣的杂志。”
“呸！撰稿人松明真叫人讨厌！
怎么除去这松明的恶臭？
怎么叫这松明早日咽气？
帮我出个主意。”“对……唾他一口。”

---

① 此诗讽刺《欧罗巴导报》撰稿人米·特·卡切诺夫斯基。作者利用俄罗斯人占卜时的歌谣写成此诗。“松明”指人们以为死去或消失的人或物，在占卜时人们一边传着点燃的松明，一边念：“松明活着，活着！”传到最后如松明没有熄灭，则预示人们的愿望可实现。此诗以松明作“撰稿人”的名字，语意双关。

致科兹洛夫[①]

（为收到寄赠的《修道士》而作）

歌手啊，当地面上的世界
从你眼前隐入茫茫的黑暗里，
你的天才便顿时苏醒，
你凝神回顾往昔的经历，
在一群光辉灿烂的幻影中
你唱起了奇妙无比的歌曲。

啊，亲爱的兄弟，这歌声多美好！
我含着惊喜的泪谛听着这歌声，
他以这天庭方有的歌曲
抚慰着人世间的众多苦痛。
他为你创造了一个新世界，
你可以在其中观赏和翱翔，
于是你又在其中生活，并拥抱

① 伊·伊·科兹洛夫（1779—1840），俄国盲诗人，原为近卫军军官。1812年失明后开始写诗。长诗《修道士》发表于1825年。

这曾经破碎的青春偶像。

至于我，如果有一行诗句
能给你带来瞬间的欢笑，
我已不需要别的酬报：
我已不是枉然在人世荒漠的
黑暗道路上踽踽独行，
啊，不，命运已不是
枉然赋予我诗琴和生命。

声誉的想望[①]

每当我陶醉在爱恋和柔情之中，
跪倒在你的面前，默默无声，
我总是望着你，心里想着：你是我的；
你知道，我是否想望着声誉，亲爱的；
你知道：我已远离那轻浮的社会，
对于诗人的虚名已感到索然无味，
我倦于长期的动荡，已完全不关心
那远方的指摘和赞扬的絮叨声音。
那些人言的褒贬难道会使我激动，
当你对着我垂下你那慵倦的眼睛，
伸出手来在我的头上轻轻地抚摩，
悄悄对我说："你爱我吗，你是否快乐？
你会不会爱上别人，像爱我一样？
好人儿，你永远不会把我忘在一旁？"
而我抑制着内心的激动，一声不响，

① 这首诗是写给伊·克·沃隆佐娃的。

心里充满了醉人的欢愉，只是想，
不会有更幸福的时候了，分手的一刻，
那可怕的一天永不会到来……可结果呢？
眼泪、痛苦、变心、诽谤，一切都突然
落到我头上……我晕头转向，茫茫然
像一个在旷野上遭到雷击的旅人，
我面前的一切已黯然无光！而如今
我却为一种从未有过的想法所苦恼：
我想望着声誉，为了让我的名号
时刻激动你的视听，为了让我的身影
环绕在你的身旁，为了一切都高声
在你的周围传颂我的业绩和诗名，
为了你在静谧中听到这可靠的声音，
便想起我们在花园里分手的时候，
我在夜的幽暗中向你提出的恳求。

EX UNGUE LEONEM[①]

不久前我写了一首嘘人的诗，
拿出去发表没有署名；
杂志界一个小丑写了篇短文，
发表时也没有署名，这恶棍。
结果呢？无论是我，是街头小丑
都不能瞒住这小小的把戏，
他一下子就从爪子上认出了我，
我从耳朵上也认出这个东西。[②]

① 拉丁文：从爪子上可以认出狮子。普希金的《致朋友们》一诗发表后，保守杂志《良友》的出版者亚·叶·伊兹马伊洛夫写了一篇针锋相对的文章，说："最使我吃惊的是，作者先生竟然长着爪子！"于是普希金写这首诗作答。参阅本文集《致朋友们》一诗。

② 克雷洛夫寓言《阿佩莱斯与小毛驴》：古希腊画家阿佩莱斯（约公元前4世纪后半期）请驴子去喝茶，驴子得意洋洋，逢人便说画家请它是为了照它的模样画一匹天马，画家则说，请它喝茶是因为它这副驴耳很出色。

致普·亚·奥西波娃[①]

也许我已不会在平静的
流放生活中长久地幽居，
不会再为甜蜜的往昔感叹，
并且在静谧中把无忧的灵魂
奉献给那乡野的缪斯。

但即使在远方，在陌生的异乡，
我的心也将飞到你们家，
我将漫步在三山村的周围，
在它的牧场、小河旁和山冈上，
在花园里的菩提树荫底下。

当明媚的一天已经过尽，
那幽深的坟茔中也是这样，

① 这是在普·亚·奥西波娃纪念册上的题词。下文“但即使在远方，在陌生的异乡”一句暗示诗人想逃亡国外。

常会有一个思乡的幽灵
飞往他的故乡的家园，
向亲人们投去深情的目光。

* * *

保护我吧，我的护身符[1]，
保护我吧，在放逐的日子，
在我悔恨和焦虑的时日：
你是我悲伤时候的礼物。

当海洋在我面前震怒，
掀起波涛，发狂般喧腾，
当乌云里骤然响起雷声——
保护我吧，我的护身符。

当我在异乡感到孤独，
在碌碌无为中感到厌倦，
在火热的战斗中遇到凶险，
保护我吧，我的护身符。

---

① 普希金把伊·克·沃隆佐娃送给他的一枚戒指称为护身符。

虚情，那神圣而甜蜜的毒物，
心灵中令人迷醉的明灯……
当它变心，消失得无影无踪……
保护我吧，我的护身符。

但愿回忆不要再荼毒
心灵里的创伤，永远永远。
永别了，希望；沉睡吧，欲念；
保护我吧，我的护身符。

安德烈·谢尼埃[1]

（献给尼·尼·拉耶夫斯基[2]）

我虽然沉浸于悲哀之中，而且被囚禁，
我的诗琴仍然被唤醒……[3]

当整个世界都被震惊，
正凝神注视着拜伦的坟茔，
他的神灵却在但丁身旁，
谛听着欧洲诗琴的和鸣。

---

① 安德烈·谢尼埃（1762—1794），法国诗人和政论家。在18世纪末法国资产阶级革命初期对革命抱同情，但主张君主立宪。革命形势发展后，转到敌对立场，反对雅各宾派，为杀害马拉的凶手辩护，后被雅各宾派送上断头台。本诗中的片断（从“我向你致敬，光明的星球！”到“阴沉的风暴终将过去！”）曾被书刊检查机关删去，但却被冠上《为十二月十四日而作》的标题在社会上流传。此事被沙皇政府发现，引起一场长期的政治审查，普希金被传讯。普希金解释说，这首诗是在12月14日事件以前很久写的，诗的内容写的是法国革命，具体描写了攻破巴士底狱、在练马场宣誓、米拉波的答复、伏尔泰和卢梭的迁葬、路易十六被处死、罗伯斯庇尔的活动和国民公会。普希金指出这首诗和12月14日没有关系。审查拖延一年半之久，最后国务会议决定对普希金进行秘密监视。

② 尼·尼·拉耶夫斯基（1801—1843），俄国将军，普希金的密友。

③ 原文为法文。题词引自谢尼埃的《年轻的女囚》一诗。

这时，另一位神灵正呼唤着我，
他早已停止饮泣，不再歌吟，
在那痛苦的日子里从断头台
走向坟墓里幽暗的清荫。

我带来一束鲜花，献给你——
歌唱爱情、树林和宁静的诗人。
不相识的诗琴弹奏起来了，
我唱着，你和他都听着我的歌声。

劳累的斧头又举起来了，
　　它正召唤着新的牺牲。
歌手准备就刑，忧郁的诗琴
　　将最后一次为他歌咏。[1]

明天要行刑，这是赐给人民的
　　家常便饭；但青年歌手的诗琴
要歌唱什么？他要歌唱自由：
　　这是始终不渝的决心！

“我向你致敬，光明的星球！

---

① 下文原文为法文。像最后一线光芒，像最后一阵清风，
美丽一天的傍晚仍是那么绚丽，
在断头台下我还要把诗琴试弹。
（见安德烈 · 谢尼埃最后的诗）
——原注

我颂扬过你那上天的面容，
当你火花般显现出来，
当你从风暴中跃出、诞生。
我颂扬过你那神圣的雷霆，
当你摧毁那可耻的堡垒，
把那强权的世代尊严
一扫而光，化成耻辱和尘灰。
我目睹你的儿子们肩负公民的使命，
英勇战斗，我听见战士们的约言
那充满英雄气概的宣誓，
对专制制度的回答，大义凛然。
我目睹他们那强大的浪潮，
摧枯拉朽，把一切冲刷干净，
那热情洋溢的政论家①满怀喜悦地预言，
整个大地将获得新生。
你睿智的天才放射着光芒，
那些神圣的流放犯的遗骨
已被移进了万古流芳的先贤祠；
揭去了偏见织成的幕布，
那朽烂的宝座已现出原形；
枷锁已被打落了，法律
以自由为支柱，宣告人人平等，
于是我们都欢呼：'幸福！'

---

① 指米拉波（1749—1791），18 世纪法国资产阶级革命时期斐扬派领袖之一。革命初期曾大胆揭发封建专制制度，但坚决维护君主立宪政体。1790 年背叛革命，为宫廷奔走。

啊，不幸！那原是荒唐的梦！
自由和法律在哪里？我们头上
只有斧头在实行统治。
我们推翻了帝王，却把凶犯和刽子手
选为皇帝。啊，可怕！啊，可耻！
然而，你啊，神圣的自由，
圣洁的女神，不，这不是你的错，
当人们在冲动、盲目地行事，
令人憎恶地蛮干的时刻，
你躲开了我们，你那治病的器皿
盖上了一块染血的纱布；
可是你会回来，进行复仇并带来光荣，
你的敌人会再度倾覆；
人民尝过你那神圣的玉液之后，
总想要再度将它痛饮，
仿佛被酒神诱得发狂，
他们到处寻觅，饥渴难忍。
他们终将找到你。在‘平等’的浓荫下，
他们将在你的怀抱中甜蜜地憩息。
阴沉的风暴终将过去！
可我不会看见你，光荣、幸福的日子：
我注定要上断头台。我正苦度最后的
时日。明天是刑期。刽子手将用得意的手，
对着无动于衷的人群，抓住我的头发，
提起我那被砍下的头。
永别了，朋友们！我那没有归宿的尸骨

将不会在我们的花园里长眠，在那里
我们曾度过求学和饮宴的欢乐岁月，
我们曾指定这花园作为我们将来的墓地。
　　但是，朋友们，假如你们
　　仍然珍惜对我的怀念，
请你们实现我这最后的一个心愿：
亲爱的朋友，请悄悄为我的命运哭泣，
当心你们的眼泪，别让它们引起怀疑，
在我们这时代，你们知道，流泪也犯罪：
如今，连亲兄弟也不敢互相怜惜。
我还有一个恳求：你们上百遍听过
我的诗，记载着瞬息思绪的随意之作，
我的青春岁月多彩而珍贵的纪事，
在这些稿纸上记载着我的全部生活，
朋友们，这里有我的希望和幻想，
有眼泪，有爱情。我恳求你们，
向阿贝尔和凡尼[①]去索取。请保存
这纯洁缪斯的礼物。傲慢的舆论，
严酷的社交界，都别让他们知道。
唉，我的头颅掉得过早，我未成熟的才能
没有完成崇高的作品去为我赢得荣誉；
我很快就要死去。你们既珍爱我的魂灵，
啊，朋友们，那就为我保存这份手稿吧！

① 下文原文为法文。阿贝尔，我青春秘密的知己（哀歌一）：安·谢尼埃的朋友。凡尼，安·谢尼埃的恋人（见为她而作的颂诗）。——原注

等到雨过天晴，你们这些信赖我的朋友
有时请聚集起来读读这忠实的稿本，
‘这就是他，’你们会说，在久久听过以后，
‘这是他的话。’而我，会忘记墓中的梦，
走进来，无形地坐在你们当中，
听得出了神，因看到你们泪流满面
而感到欣慰……也许我又要为爱情
而感动；也许，我那位女囚听到
爱情的诗，会脸色发白，感到悲痛……”

但这时年轻的歌手暂时停止了深情的
歌唱，低下头，沉浸于往昔的追念。
他的青春少年时光连同爱情、惆怅
在他眼前闪过。美人儿慵倦的双眼、
歌声、欢宴，还有那些热情洋溢的夜，
一一在眼前复活；他的心飞向了远方……
于是他的诗又汩汩地奔流，像小河一样。

“违背我心愿的才能，你把我引向何方？
我是为爱情，为诱人的宁静来到人间，
我为什么要抛弃悠闲生活的清荫、
自由和友人，还有那甜蜜的慵懒？
命运抚爱过我那黄金般的青春，
欢乐用无忧无虑的手赐予我奖赏，
圣洁的缪斯也分享过我的闲暇时光。
在热闹的晚会上，我为朋友们所钟爱，

我爽朗的笑声和诗歌曾经甜蜜地
响彻我那为家神所守护的书斋。
有一次我因酒神的扰乱而感到困倦，
心中蓦地燃烧起另外一种火焰，
早晨我终于来到一个我所钟情的
少女的家，可她却显得激动而忿怨；
那时她泪水盈眶，对我百般威吓，
责备我于饮宴之中将一生虚掷，
她驱赶我，咒骂我，又把我宽恕；
那时我的生活就这样甜蜜地流逝！
为什么我要抛下这懒散、单纯的生活，
来到这里，而这里却充满致命的祸殃、
粗野的热情、狂暴无知的群俗，
还有仇恨与贪婪！你把我引到了何方，
我的希望！现在可叫我怎么办，
我原来忠实于爱情、诗歌和静谧，
如今却和可鄙的大兵过起卑微的生涯！
可我怎么驾驭得了这烈性的马匹，
我怎能紧紧地拉起这无力的马衔？
我留下的是什么？一生痕迹，将被遗忘：
失去理智的忌妒，渺小粗暴的行为。
消失吧，我的声音，还有你，缥缈的幻象，
　　你啊，我的话，空洞的声音……
　　　　　　　　　　　　　　　　　　　　啊，不！
　　你快住嘴吧，胆怯的哀怨！
　　你应该骄傲和快乐，诗人：

在我们时代的耻辱面前，
你不要低下恭顺的头颅；
你曾经蔑视强大的暴徒；
你的明灯曾愤怒地点燃，
用你无情的灯光揭露
无耻的统治者举行的会议①；
你曾鞭笞过他们，宣布
把这群专制的刽子手处死；
你的诗曾在他们头上轰响，
你号召打倒他们，你歌颂涅墨西斯②，
你对马拉的信徒讴歌过
匕首和复仇的欧墨尼得斯③！
当那神圣的老人用他僵硬的手
从断头台上取下戴皇冠的头颅，
你大胆地向他们伸出手，
狂怒的国民公会在你
面前直吓得瑟瑟发抖。
自豪吧，自豪吧，歌手，而你，残暴的野兽，
如今你可以把我的头玩弄：
它在你的爪子中。但是你听着，暴徒，
我的呼喊，我的狂笑将紧追你的影踪！

① 见他的抑扬格诗。谢尼埃遭到叛乱者的仇恨。他歌颂过夏洛特·科黛，辱骂过科洛·德埃尔布，攻击过罗伯斯庇尔。众所周知，国王曾在一封充满镇定情绪和尊严的信中请求公会给予他在对他作出判决后向人民申诉的权利。这封信是在1月17日夜间签署的，由安德烈·谢尼埃拟就。(H.德·拉·图什）——原注

② 希腊神话中的报应女神。

③ 希腊神话中的复仇三女神。

喝我们的血吧，活着吧，杀吧：
你反正是个侏儒，渺小的侏儒。
末日会来到的……它已经不远：
你终究要完蛋，暴君！愤怒
最后必将爆发。祖国的号哭
将会唤醒疲惫的命运。
现在我走了……时候到了……你跟着我吧；
我等着你。”
这就是激昂的诗人的歌声。
一切又恢复了沉静。淡淡的灯光
在熹微的曙光中变得暗淡，
晨曦流进了监狱。于是诗人
向栅栏抬起庄严的双眼……
一阵喧响。来人了，在叫人。是他们！没有希望了！
响起钥匙、铁锁、门闩的声音。
在叫人……等一等，等一等，只要一天，一天：
死刑就作废了，所有的人
都能得到自由，而在伟大的
人民中间，将活着伟大的公民，①
没有人听见。队伍在默默前进。刽子手等着。
但友情给诗人赴刑的路途送来了安慰。②

---

① 谢尼埃在热月 8 日被处死，即在罗伯斯庇尔被推翻前夕。——原注
② 下文原文除第一句外均为法文。在赴刑途中，安·谢尼埃和诗人鲁什同坐一车。临刑时他们还在谈论诗歌。除了友谊，诗歌对他们就是世上最美好的事物了。他们谈论和最后赞扬的对象是拉辛。他们很想朗诵他的诗。他们选择了《安德洛玛克》第 1 场。（H. 德·拉·图什）——原注

断头台到了。他登上去。给了光荣一个名字[①]……

哭吧，为他而哭吧，缪斯！……

① 下文最后一句原文为法文。在刑场谢尼埃敲敲自己的头说：我这里还是有点什么的。——原注

致罗江科[1]

你曾经许诺和我一起
谈论谈论那浪漫主义，
谈论帕耳那索斯的无神论，
告诉我波尔塔瓦缪斯的秘密，
可写信给我只谈论她一人……
不，这很明显，乌克兰的皮隆[2]，
不，亲爱的，你掉进了情网里！

你说得对：世上有什么
能比美丽的女人更重要？
她的微笑，她的秋波，
比黄金和荣誉珍贵得多，
比不和谐的名声更美好，

---

① 这首诗是对罗江科 1825 年 5 月 10 日来信的答复。在这封信中罗江科说要谈谈文学，可更多的是谈安 · 彼 · 凯恩（诗中的“她”，即指凯恩）。凯恩在此信的附笔中说，要同丈夫和解，为他生几个孩子。

② 皮隆（1689—1773），法国诗人、剧作家。

让我们再来把她细说。

我的朋友，我赞许她的兴趣，
稍事休息，然后再生育
几个酷似母亲的孩子；
这人有福了，谁能和她一起
分担这份愉快的操劳：
它不会使人感到无聊，
愿上帝保佑，让婚姻之神
在这种时刻酣睡不醒。

可我不同意你的心思，
离婚这种事我不赞成，
首先这是信仰的义务，
是法律，还有人的天性……
其次，我要向你指出，
一个温文尔雅的丈夫
对于贤惠的妻子不可少：
有他们在场，家里的客人
就不会那么引人注目。
请相信吧，亲爱的朋友们，
事物啊，总是相辅相成，
婚姻太阳的光芒会罩住
情场上羞羞答答的星星。

致 ** [①]

我还记得那美妙的一瞬：
你在我面前飘然出现，
宛如纯真的美的女神，
宛如瞬息即逝的梦幻。

在那无望的哀愁苦恼里，
在喧闹的浮华生活惊扰中，
我耳边萦绕着你温柔的声音，
我梦见了你那亲切的面容。

几年过去了。一阵狂暴的风雨
驱散了往日美好的梦想，
我已淡忘你温柔的声音，
和你天仙般美丽的容颜。

① 这首诗是献给安娜·彼得罗夫娜·凯恩的。普希金于 1819 年在彼得堡和凯恩初次认识。流放在米海洛夫村时，又在 1825 年见到她。

在偏僻的乡间，在幽禁的日子，
我无所希求地虚度着光阴，
失去了歌咏的偶像，失去了灵感，
失去了眼泪、生命，失去了爱情。

如今我的心灵又苏醒了，
你又在我面前飘然出现，
宛如纯真的美的女神，
宛如瞬息即逝的梦幻。

我的心因喜出望外而欢腾，
在它里面又重新涌动
歌咏的偶像，涌动灵感，
涌动眼泪、生命，涌动爱情。

新　郎[1]

一个商人的女儿娜塔莎
　　有三天失去了踪迹，
第三天夜里她失魂落魄
　　急急地奔回家里。
爹娘来到娜塔莎跟前，
要把事情都问个仔细。
　　娜塔莎什么也听不进，
　　战栗着，气喘吁吁。

娘也发愁，爹也发愁，
　　总想弄明白事情，
最后没办法，只好罢休，
　　底细还是没摸清。
娜塔莎渐渐恢复了常态，

① 此诗根据民间故事《少女与强盗》写成，初次发表时有一个副标题：“民间故事”。

又红润，又快活，一如从前，
　　她又和姐妹们一起
　　坐到门口去聊天。

有一次姑娘和一群小姐妹
　　坐在木头的门前，
一辆三匹马拉的雪橇
　　载着一个小青年
从她们跟前疾驰而过。
那青年站在雪橇上面，
　　赶着盖毛毯的马匹，
　　一路把行人追赶。

雪橇驶近时，他回头看了看，
　　娜塔莎也抬头看看他，
他旋风一般疾驰过去，
　　娜塔莎一时发了傻。
她像箭一般奔回家里，
“是他！是他！我认出了他！”
　　她说：“是他，快抓住，
　　我的朋友们，快来人哪！”

全家伤心地听她诉说，
　　个个都不断摇头。
父亲对她说：“亲爱的女儿，
　　快对我说明缘由，

是谁欺负了你，快对我说明，
哪怕只谈点蛛丝马迹。”
　　娜塔莎又哭起来，
　　再没有说出一个字。

第二天早晨有个媒婆
　　突然来到她的家。
开口就夸娜塔莎，立即
　　就和她爹爹拉起话：
“你家有货色，我家有商人。
小伙子顶呱呱，是个男子汉，
　　长得端正又伶俐，
　　不爱吵架很体面。

“他又有钱又聪明，对谁
　　也不轻易弯个身，
日子过得像贵族老爷，
　　没有什么事要烦心。
他忽然想起要送给新娘
狐皮大衣和珍珠项链，
　　还有宝石金戒指，
　　还有锦缎的衣衫。

“昨儿他驾雪橇从这里经过，
　　看见她坐在大门旁。
你不如击掌说定，让他们

捧着圣像去教堂？”
她坐在那儿吃着馅饼，
说起话来总绕着圈圈，
而那可怜的姑娘
真的是坐立不安。

“好吧，我同意了，”父亲接着说，
“你戴上结婚的花冠
高高兴兴地去吧，我的娜塔莎：
一个人在闺房里也孤单。
哪能一辈子在家里做姑娘，
哪能像小燕子总把歌儿唱，
你该去筑自己的巢啦，
生男育女把他们喂养。”

娜塔莎紧靠着墙壁站着，
有点什么话想唠唠——
突然放声大哭，浑身颤抖，
又是痛哭又是笑。
媒婆慌了神向她跑去，
让她喝点水清凉清凉，
还把剩下的半杯水
浇在娜塔莎的头上。

全家都心痛如绞，不断叹气。
娜塔莎终于苏醒，

开口说："你们的神圣主意
　　女儿我怎能不听。
去请新郎来参加酒宴吧，
多烤些面包请大家吃个够，
　　把蜜酒煮得呱呱叫，
　　请法官也来喝喜酒。"

"好吧，娜塔莎，我的安琪儿！
　　只要你能够高兴，
我愿赔上老命！"酒席好丰盛，
　　面包、蜜酒都称心。
来了一大群可敬的客人，
人们把新娘扶到筵席上；
　　女友们又唱又哭，
　　雪橇已远远在望。

新郎来到了——大家都入席。
　　酒杯碰得叮当响，
祝福的酒勺传了一大圈，
客人醉了，席上闹嚷嚷。

新　郎

"亲爱的朋友们，到底为什么
我那姿容美丽的新娘
　　不喝不吃不劝酒，

她到底为什么悲伤？”

于是新娘回答了新郎：
“让我向你们说分明。
这几天我一直坐立不安，
白天黑夜哭不停。
一场噩梦使我好难过。”
父亲对她说：“我的好孩子，
你到底梦见了什么，
快给我们说仔细。”

“我做了一个梦，”新娘说道，
“我走进一座密林，
天色已很晚，月色昏暗，
月光微微透出了乌云。
我在树林里迷了路，密林中
静悄悄，听不见一个人的声响，
只有松树和枞树的
树梢在沙沙地喧嚷。

“突然，就像清醒中一样，
我看到一座小屋子。
我走去，敲敲门，没声音，叫叫人，
没答应；我祈求着上帝，
推开了小屋的门。我走进去，
屋子里点着蜡烛；我一看，

到处是金银器皿，
是那么亮堂灿烂。”

新　郎

“你倒说说，这场梦有什么不好？
这说明，你将成富人。”

新　娘

“等一等，先生，我的梦没有完。
面对着金银器皿，
面对着呢绒、地毯、锦缎，
面对着诺夫哥罗德的花绸子，
我呀默默地欣赏，
对这奇迹惊奇不已。

“突然我听见人马的声音
已临近小屋的门前。
我急忙砰的一声关上门，
躲到了灶头后面。
我听见许多人讲话的声音……
走进来十二个年轻的小伙子，
还带着一个小宝贝，
一个妙龄的美人儿。

“他们成群走进来，不理会圣像，
　　也不对它鞠躬行礼；
他们在桌旁坐下，不祈祷，
　　也不摘下头上的帽子。
他们的老大在正位上落座，
那老二坐上他右边的位子，
　　左边是那个小宝贝，
　　那个妙龄的美人儿。

“他们叫喊吵闹，唱歌欢笑，
　　碰杯，喝得醉醺醺……”

新　郎

“你倒说说，这场梦有什么不好？
　　它预兆快乐欢欣……”

新　娘

“等一等，先生，我的梦没有完。
他们纵酒狂饮，酒杯碰得山响，
　　直闹得地覆天翻，
　　那姑娘却独自悲伤。

“她默默地坐着，不吃也不喝，
　　眼泪流得像条河，

那老大拿起一把明晃晃的刀，
　　边吹着口哨边磨；
他死盯着那个妙龄的美人儿，
突然一把抓住她的辫子，
　　这强盗杀害了姑娘，
　　把她的右手也砍去。”

“嘿，这种事啊，”新郎说道，
　　“纯粹是无稽之谈！
但你别难过，你的梦并不坏，
　　相信我，可爱的姑娘。”
她直瞪瞪地瞧着他的脸。
“从谁的手上你摘下这枚戒指？”
　　新娘冷不防说道，
　　大家惊愕得霍地站起。

戒指叮叮响着滚开去，
　　新郎战栗着脸发白；
客人们慌了神。法官下了令：
　　“抓住他，把强盗捆起来！”
给强盗上了镣铐，揭露了罪行，
不久就把他判了死刑。
　　人们传颂着娜塔莎，
　　我这歌也大功告成。

* * *[1]

假如生活欺骗了你，
不要悲伤，也不要气愤！
在愁苦的日子，要心平气和，
相信吧，快乐的日子会来临。

心儿把希望寄托给未来，
眼前的事情虽叫人沮丧：
但一切转眼就会过去，
一过去，生活又充满芬芳。

---

① 这首诗是写给普·亚·奥西波娃的女儿叶·尼·沃尔夫的。

酒神之歌

欢乐的歌声为何静息了?
响起来吧,酒神之歌的合唱!
万岁!曾经爱过我们的
妙龄的少妇和多情的女郎!
把你们的酒杯斟得更满吧!
把默默祝愿的戒指
投进叮当作响的杯底,
投进浓郁的酒浆里!
让我们举杯,一饮而尽!
祝缪斯万岁!祝理性万岁!
神圣的太阳,你燃烧吧!
就像在鲜艳的朝霞出现之前,
这盏小灯将失去光辉,
面对着智慧的永恒的太阳,
虚假的学识也将变成一堆死灰。
万岁!太阳,让黑暗永远隐退!

致 H. H.

（寄赠《涅瓦丛刊》附诗）

请接受这本《涅瓦丛刊》。
其中的散文和诗作都好看：
您可以找到波列伏依的作品，
维利科波利斯基、赫沃斯托夫的诗文；
克尼亚热维奇，您的远房亲戚，
也为这小书增辉生色；
但您可找不到我的踪迹：
我的诗作已掉进冥河。
世界声誉算什么？……过眼云烟。
啊，您的心对我更宝贵！……
然而要进入这本丛刊，
看来我也不那么顺遂。

萨　福[1]

幸福的少年，你的一切都使我着迷：
高傲的心灵，热情而又和善，
还有那青春年少时女性般的美艳。

① 此诗写萨福对法翁的爱情。萨福，公元前6世纪古希腊女诗人，传说她爱上年轻男子法翁，失恋后在海边跳崖自杀。

* * *[1]

比起田野初放的繁花，
残存的花朵更可亲。
它在我们胸中勾起的
愁思会更加鲜明。
同样，离别的时刻有时
比甜蜜的相逢更动人。

---

① 这首诗是赠给普·亚·奥西波娃的。

十月十九日[①]

树林脱下了绛红的衣衫，
严寒给凋敝的田野披上银装，
白日仿佛是不得已露露面，
立即就躲进群山的后面隐藏。
燃烧吧，我冷清房间里的壁炉，
还有你，美酒啊，秋寒的友伴，
请在我胸中注入快慰的醉意，
让我暂时忘却心中的忧烦。

我是多么忧伤，没有一个友人
可以和我对饮，共叙久别之情，
我本来可以亲切地握着他的手，
衷心祝愿他常年快乐称心。
我独自啜饮，心中枉然
呼唤着昔日周围的那些友人；

① 10 月 19 日是皇村学校开学之日，普希金这一班毕业生每年都要庆祝。

我听不见熟悉的脚步声渐渐走近，
我的心也不再等待挚友的来临。

我独自啜饮，在涅瓦河畔
朋友们今天也会想起我的名字……
但你们可有许多人在一起欢宴？
还有谁的名字你们未曾提及？
有谁背弃了这个美好的惯例？
有谁被冷酷的社会吸引而离去？
谁的声音在亲切的欢聚中沉默？
谁没有来？还有谁已离开人世？

他没有来，我们那鬈发的歌手①，
连同火热的眼睛、悦耳的六弦琴
在美丽的意大利香桃木树下
静静地长眠了，那友爱的匠人
没有在这个俄国人的墓碑上
用他祖国的文字刻上几句铭文，
让北国的游子一旦来到这异乡，
好找到这位故人凋敝的孤坟。

喜欢异国的风光，不肯安静的人②，
你可坐在自己的朋友们当中？

① 指科尔萨科夫，他在1820年死于意大利。
② 指费·费·马丘什金，俄国航海家，曾多次参加海上探险。1825年参加环球航行。

或者是重新去到炎热的热带，
又造访北方海洋中永恒的冰层？
一路平安！……从皇村学校门口
你轻易地走上远航的巨船，
从此你在海上找到自己的道路，
啊，你这惊涛骇浪的宠儿！

在漫游世界的生涯里你保持了
美好年华中最初的生活习惯：
在滚滚的波涛中你曾经回忆起
皇村学校里的嬉闹和游玩；
你从海外向我们伸出手来，
你年轻的心只惦记着我们，
还一再吟哦："那不可知的命运
也许决定了我们要长久离分！"

朋友，我们的情谊是多么美好！
它像灵魂不可分割，与世长存——
它坚如磐石，自由，充满了欢乐，
是在亲密的缪斯庇荫下结成。
无论命运把我们抛向哪里，
无论幸福把我们带到何方，
我们永不变心：世界是别人的，
只有皇村才是我们的故乡。

在风暴的追逐下，我到处飘零，

在严峻命运的罗网下难以脱身，
我精疲力竭，战栗着，把多情的头
靠在新交的怀里等待着温存……
我发出悲哀而热切的恳求，
怀着早年那种信赖的期望，
把温柔的心向新的友人奉献，
可是那冷漠的接待却使人悲伤。

而如今，在这被遗忘的荒野里，
在这风雪和寒冷侵袭的住所，
我却得到了甜蜜的欢乐：
我在这里拥抱了你们中的三个，
我心灵的朋友。啊，我的普欣，
你第一个来到遭贬诗人的庭院，①
给凄凉的放逐日子送来了安慰，
把它变成皇村学校欢乐的一天。

你啊，戈尔恰科夫②，天生的幸运儿，
我要称赞你——福耳图娜③的寒光
并没有改变你自由的心灵：
你仍刚正不阿，对朋友忠诚如常。
严酷的命运让我们各奔东西，

---

① 普欣曾于 1825 年 1 月到米海洛夫村看望普希金。

② 戈尔恰科夫长期担任沙皇政府外交官，1825 年 9 月偶然在亲戚家和普希金见面。这次见面是冷淡的。

③ 罗马神话中的命运女神。

一走进生活，我们便分道扬镳；
但谁又想到，在这山村的路上，
我们竟不期而遇，像兄弟般拥抱。

当命运的怒火烧到我的头上，
我像个饱尝白眼的无家孤儿，
狂风暴雨中我低下疲惫的头，
我等着你，波墨斯河女神的使者①，
你来了，充满灵感的闲散的游子，
啊，我的杰尔维格，你的声音
唤醒了我沉睡已久的心灵之火，
于是我又兴奋地颂扬起命运。

从幼年起我们心中就燃烧着诗魂，
我们都体验过那动人的激情；
从幼年起两个缪斯就向我们飞来，
在她们的爱抚下我们都感到幸运：
但我爱的是人们的赞扬和鼓掌，
你却严肃地歌唱，为了缪斯和心灵，
我虚掷才华如同虚度光阴，
你却在宁静中培育自己的才能。

侍奉缪斯不允许碌碌无为，

① 波墨斯河是发源自赫利孔山的一条河流，波墨斯河女神指诗神缪斯。使者，一译先知，传达神的意旨的人。此处指杰尔维格，他曾在 1825 年 4 月到米海洛夫村看望普希金。

美好的事物必须庄严崇高：
但青春却狡黠地教唆我们，
醉生梦死曾使我们欢乐逍遥……
一旦醒悟过来，已经为时太晚！
不堪回首——岁月没留下痕迹，
告诉我，威廉，我们是不是这样，
我的诗歌和命运的同胞兄弟？

够了，够了！这个世界不值得
我们为它痛苦；忘掉过去的迷误！
让我们躲进荒僻幽静的住所！
我等着你，我姗姗来迟的朋友——
来吧，用你娓娓动听的叙述
引发我心中深藏的往事；
让我们谈谈高加索的火热日子，
谈谈席勒，谈谈爱情，谈谈荣誉。

也该轮到我了……畅饮吧，朋友们！
我想象到了欢乐团聚的一天；
请你们记住一个诗人的预言：
一年会飞快过去，我将和你们见面，
我梦想中的预言会成为现实；
再一年，我将和你们欢聚一堂！
啊，那时会有多少眼泪，多少欢呼，
有多少酒杯，高高地举到天上！

斟满第一杯，朋友们，斟得满一些！
为我们的情谊，我们干了这一杯！
祝福我们吧，心花怒放的缪斯，
欢呼吧，我们的皇村学校万岁！
向全体爱护过我们的老师致敬——
他们有的健在，有的已离开我们，——
举起酒杯，聊表我们的谢意，
让我们捐弃前嫌，报答他们的大恩。

斟满些，斟满些！心儿在燃烧，
再干一杯，让我们喝个酩酊大醉！
但这是为谁？朋友们，请猜一猜……
对啊！为我们的沙皇，为沙皇干杯。
他也是个人！他为时势所逼迫。
他是流言、猜疑和情欲的奴隶，
让我们原谅他那不义的迫害吧，
他创办了皇村学校，他攻克了巴黎。

都来欢宴吧，乘我们还在这里！
唉，我们的人正在一天天减少，
有的长眠，有的独自漂泊在远方，
命运正瞧着我们一天天衰老；
光阴流逝，我们日渐佝偻和冷漠，
正在逐渐走完人生的历程……
我们当中是谁在年老的时候，
将独自庆祝皇村学校的节庆？

不幸的朋友！在新的一代人当中，
他会成为陌生讨厌的多余人，
他将想起我们和这团聚的一日，
用战栗的手掩住自己的双眼……
愿他高高兴兴，哪怕带点哀愁
在酒杯的陪伴下度过这一天，
就像如今的我，你们被贬的隐士，
无忧无愁地把这一天纪念。

劝 告

相信我的话：当报刊的那一群蚊蝇
盯住你，在你的周围飞来飞去，
别理它，别浪费你那礼貌的口舌，
对无耻的尖叫和吵闹无须抗议：
无论是道理还是情趣，亲爱的朋友，
都不能说服这伙顽固的败类。
生气大可不必，应该大笔一挥，
写一首辛辣的诗，把他们置于死地。

运 动

“运动是不存在的。”大胡子圣贤①这么说。
另一个一声不吭，只在他面前走动。
他的反驳不可能比这行动更有力，
人们都称赞这回答奥妙无穷。
然而，诸位，这个有趣的事例
却使我想起了另外一件事情：
尽管太阳每天在我们面前运转，
可是固执的伽利略却得到证明。

① 指古希腊哲学家芝诺（埃利亚的）（约前490—约前436）。他认为世界上运动变化着的万物是不真实的，唯一真实的东西只能是巴门尼德所谓的“唯一不动的存在”。

夜莺和布谷[①]

在树林中，在悠闲的幽暗夜色里，
聚集着各种春天的歌手，
咕噜、啁啾、鸣啭，声声入耳，
只有糊涂的布谷咕咕不休，
自鸣得意，像个唠叨的婆娘，
它只会咕咕地叫个不停，
连回声也一样叫人扫兴。
它咕咕叫着，真让人难过！
要能躲开多好。上帝啊，求你
让我们摆脱这咕咕叫的哀歌！

① 此诗普希金用以讽刺当时社会上流行写哀歌的风气。

友　谊

友谊是什么？是醉后的兴奋，
是受欺侮后的随意倾吐，
是互相显示虚荣和闲散，
或者是受人庇护的耻辱。

* * *[①]

为了怀念你，我奉献出一切：
充满灵感的诗琴的乐曲，
少女烈火般热恋中的清泪，
我那妒火中烧时的颤栗，
荣誉的光辉，放逐的苦恼，
清澈如镜的幽思的瑰丽，
报复的念头，悲痛欲绝时
联翩的幻梦，汹涌的思绪。

① 此诗和怀念伊·克·沃隆佐娃有关。

《浮士德》中的一场[①]

海岸，浮士德和梅非斯特

浮士德

我感到厌倦，魔鬼。

梅非斯特

怎么办，浮士德？

这就是你落到的境地，
任何人都不能超越这界限。
理性的生物都会厌倦：
有人因慵懒，有人因杂事；
有的有信仰，有的没信仰，
有的来不及作乐寻欢，
有的寻欢作乐太荒唐，
每个人都在生活、打哈欠——

① 这是普希金写的一首诗，并非翻译。

而坟墓正打着哈欠等你们，
你也在打哈欠。

浮士德

　　　　　　　无聊的玩笑！
给我想点什么办法吧，
让我解解闷。

梅非斯特

　　　　　　　　　这理性的办法
你定会感到满意说好。
在自己的纪念册上写下吧。
Fastidium est quies——厌倦，
就是给心灵解除疲乏。
我是心理学家——这就是科学论断。
告诉我，你何时不感到厌倦？
想想看，找一找，是否那时候：
读着维吉尔，你酣然入眠，
只有教鞭才将睡意驱走？
当你将玫瑰花冠送给
对你倾心的风尘女郎，
并在喧闹的狂欢中专为
她们送上夜晚醉后的痴狂？
或者是当你久久沉湎于

一些雄伟壮丽的幻梦里，
而落入奥秘的科学深渊？
那时你才恍然大悟，由于厌倦，
才终于将我频频呼唤，
像呼唤小丑，从燃烧的火焰。
我像个小鬼，曲意逢迎，
使尽全力要逗你开心，
带你去找巫婆和幽灵，
这算得了什么？不过是小事情。
你想要声名——你有了声名，
你想要爱情——你有了爱情。
你在生活中已应有尽有，
可你幸福吗？

浮士德

你说够了，
别再触痛我隐秘的伤口。
高深的学问里没有生活——
我诅咒知识的虚假光芒，
而声名，谁又擅长捕捉。
它偶然的光环，人间的声誉
毫无意义，就像梦……但是
有现实的幸福：那就是两颗心的
结合……

梅非斯特

和初次幽会的快乐，
对不对？但能不能提个问题，
你想到的人究竟是谁，
是不是格蕾辛？

浮士德

啊，这梦多美好！
啊，这爱情的纯洁火焰，
那里，那里有清荫，有林涛，
那里有清流甜蜜地歌唱——
在那里我曾把疲惫的头颅
依偎在她迷人的酥胸，
我那么幸福……

梅非斯特

天上的造物！
浮士德，你这是在白日说梦！
这会儿你是在欺骗你自己，
用你那随心所欲的回忆。
难道不是我以极大的努力
给你送来了绝色的佳丽？

在那夜半更深的时刻，
带她来和你相会？那时候
只有我一个自得其乐，
为自己辛劳的果实而快活。
你们俩的事我全记得。
当你那美人儿忘情于欢乐，
处于如痴如醉的时刻，
你那不肯安分的心灵
已经深陷于苦苦的思索
（而我先前已向你证明，
思索，这是厌倦的种子），
你知道吗，我的哲学家，
这时刻你在动什么心思
当别人什么也不想的时刻？
要我说出来吗？

浮士德

你说吧，什么？

梅非斯特

你在想，我的温顺的天使！
我渴望与你共度良辰美景！
在那纯朴少女的心里，
我多么巧妙地扰乱了她的梦！

她天真无邪地将自己奉献，
投入不由自主的无私爱情……
可为什么此刻在我的心中
却充满了惆怅与可憎的厌倦？……
在纵情陶醉于欢乐之后，
我望着我的情欲的猎物，
却充满了无法遏制的厌恶：
就像个没有头脑的蠢货，
无缘无故想做件坏事，
他在树林里杀掉一个乞儿，
却辱骂那衣衫褴褛的死尸；
同样，对一个卖身的美女，
那淫棍匆匆将她尽情享用，
然后怯生生地斜睨着这女人，
接着从这件事情当中
他慢慢得出一个结论……

浮士德

滚开吧，你这地狱的精灵！
快从我的眼前消失！

梅非斯特

遵命。但请给我一个差事：
你知道，没有差事我可不敢

擅自从你的身边离去，
我不能白白浪费时间。

浮士德

告诉我，那边白晃晃的是什么？

梅非斯特

一艘西班牙三桅帆船，
它正准备着开往荷兰：
上面载着三百个坏家伙，
几桶黄金，两只猴子，
还有好多好多巧克力，
以及当今流行的时髦病：
不久前它才染上你的身。

浮士德

把这一切都沉掉。

梅非斯特

是。（下）

冬天的晚上

暴风雪把天空蒙上阴云，
雪花在旋风中翻飞飘舞，
风暴时而像野兽般咆哮，
时而像婴儿一般啼哭，
时而在衰败的屋顶上呼啸，
把茅草吹得沙沙直响，
时而像一个迟归的旅人，
敲打着我们家的门窗。

我们这座破旧的茅屋
是那么寒伧，是那么阴暗，
我的老妈妈，你呀为什么
呆坐在窗旁默默无言？
是不是暴风雪的猖獗呼啸
使你感到困倦，我的奶娘，
是不是你那吱吱响的纺车
在催你渐渐进入梦乡？

喝一杯吧，是你陪伴着我
度过这不幸的青春岁月，
让我们借酒浇愁吧，请给我酒杯，
这样心头就会松快些。
给我唱支歌吧，唱唱山雀
怎样在海外默默地生息，
给我唱支歌吧，唱唱少女
怎样在清晨到井边去打水。

暴风雪把天空蒙上阴云，
雪花在旋风中翻飞飘舞，
风暴时而像野兽般咆哮，
时而像婴儿一般啼哭。
喝一杯吧，是你陪伴着我
度过这不幸的青春岁月，
让我们借酒浇愁吧，请给我酒杯，
这样心头就会松快些。

* * *

血液里燃烧着欲望的火焰，
我的心也屡屡被你刺伤，
过来吻吻我吧，你的亲吻
比美酒还甜，比香脂还香。
把你温顺的头偎在我胸前，
让我就这样安恬地睡一觉，
让欢乐的白昼渐渐黯淡，
让黑夜的阴影悄悄来到。

* * *

那是我姐姐家的花园，
这花园多么幽深僻静；
从山上流下一股清泉，
它倾泻而下，时刻不停。
在我的面前，果实累累，
水灵灵，金灿灿，光亮闪烁；
我跟前小溪潺潺地奔流，
是那么清澈，那么欢乐。
甘松、芦荟，还有那肉桂，
样样都那么芬芳馥郁，
只要吹起微微的西风，
就会滴下芬芳的液汁。

风　暴

你可看见那峭壁上的少女，
她身着白衣，俯视着波涛，
当大海在疯狂的暴风雨中
同海岸嬉戏，汹涌咆哮，
当雷电的闪光时时发出
红色的光芒照亮她的丰姿，
海风飞驰而来，扑打着
她那轻飘柔软的白衣？
多么壮丽啊，那暴风雨中的大海，
那闪电中阴云密布的天穹，
可是请相信：那峭壁上的少女
却比波涛、天空和风暴更动人。

* * *[1]

我爱你未曾领略的黑暗，
和你那不为人知的奇葩，
啊，你们，美妙诗篇
如此美好的梦幻的精华！
诗人，你们让我们相信，
一群轻盈缥缈的幽灵
正从阴森的忘川岸边
飞向阳世人间的彼岸，
他们在无形之中造访
那些越益可爱的地方，
并且在梦幻之中安慰
那些阔别朋友的心房；
他们安享着不朽的永生，
在极乐世界等候朋友们，
犹如一个盛宴的家庭

① 这首诗最初作于 1822 年，1826 年作了修改，表现出当时的情绪。

在恭候迟来的嘉宾光临……

　然而也许这梦是虚幻的——
也许，当我寿终正寝，
我将抛开尘世的情感，
尘世将变得与我陌生；
也许，在那长年闪耀着
不朽光荣与美好之光、
在纯青的火焰完全吞没
生活的种种缺陷的地方，
我的心灵不会再留下
人生中转瞬即逝的印象，
我不会再感到什么遗憾，
我将忘怀失恋的惆怅……

散文家和诗人

散文家，你在忙些什么事？
请随便给我一个主题：
我将把它的末端削削尖，
再安上翎毛——飞驰的韵律，
我把它搭在绷紧的弓弦上，
再把顺从的硬弓拉拉满，
然后不顾一切地射出去，
让我们的仇敌叫苦连天！

* * *[①]

虽然在命名日写几首小诗
祝贺娜塔丽娅、索菲、
卡捷琳娜已不再流行，
但我的崇拜是十分诚挚，
为表示我的恭顺和诚意，
我仍想用小诗来表达恭敬。
但我要狠狠咒骂我自己，
当我知道给您的命名
用意竟然是天赐的恩惠，
不，不，请原谅我的愚蒙，
您的言语，您忧郁的目光
和秀足（恕我斗胆说一句），
这一切都令人心驰神往，
这分明是灾难，而不是恩惠。

---

① 这首诗是献给奥西波娃的女儿安娜·尼·沃尔夫的。按希伯来文意思，“安娜”是“天赐的恩惠”。

* * *

你出了什么事，告诉我，小兄弟。
你脸色苍白，像个渎神的人，
头发蓬乱得像山峰耸立！
是不是在那篱笆附近
和少女幽会给逮个正着，
被人当作个宵小之人，
看守人险些儿将你追到；
或者是白日见鬼慌了神，
要不然就是因重大罪孽
受到可怕情绪的折腾，
你才抒写起这些诗文？

译自葡萄牙文[①]

晨星升起在天边，
玫瑰开得多娇艳。
这是相会的时间，
我们总相互呼唤。

在那羽绒的卧榻上，
为驱走夜晚的梦幻，
姑娘伸出困倦的手，
将惺忪的美目轻揉。

她常在门口出现，
有时也来到窗边，
她比晨星还璀璨，
比清早的玫瑰还鲜艳。

① 原诗为巴西诗人贡萨加（1744—1807）所作，题为《回忆》。作者著有情诗集《迪尔塞乌的玛丽娅》。此诗普希金显然译自法文，并稍稍改动开头部分和省略了当中一段。

只要看见那倩影，
就像阵早晨的清风
向我的全身吹来，
我就变得更轻快。

村里有许多羊群，
我能够认出美人
宠爱的那头小羊，
我把它带到小溪旁。

我带它到绿荫的河岸，
带它到葱茏的草原，
让它喝水，爱抚它，
我给它撒下鲜花。

姑娘寂静中从远处
缓缓地向我移步，
为迎接俊俏的美人，
我歌唱，弹起六弦琴：

“姑娘啊，我的欢愉，
没有人比你更美丽，
在月光底下谁敢于
和我的幸福来相比？

“一看到这慵懒的星眼，

这柳腰和乌黑的发辫，
我就不羡慕帝王，
也不羡慕那神仙。”

我这样对她歌唱，
我那美人儿的心房
将我的歌儿欣赏；
但幸福很快就沦丧。

我的美人儿在哪里！
我只有孤独地哭泣——
柔情的歌儿已变成
无望的泪水和呻吟。

《少女》第一歌的开篇[①]

我生来不是为了赞颂神圣，
我微弱的声音到达不了天庭；
可是如今我必须准备让你们
听听圣女贞德奇迹般的功勋。
是她拯救了法兰西国徽上的百合花，
战斗中是她用那少女的手臂
将那来自海外的强盗打垮。
她浑身闪耀着威武刚强之美，
她是身着裙装的巾帼英雄。
我得承认，在那傍晚时分，
我更喜欢小鸟依人的少女，
她像田野上的羔羊一般温顺；
而贞德的内心却像一头母狮，
在战胜艰险和硝烟弥漫的战场，
她表现得比所有的勇士更英勇，

① 这是伏尔泰《奥尔良少女》一诗开篇的翻译。

可是最难能可贵和令人吃惊的
是她能终年保持少女的鲜亮。

啊，你这神奇少女的歌手[①]，
白发的歌者，你那嘶哑的音调，
你那糊涂的头脑和杂乱的胃口
往日曾把多情的缪斯惹恼；
啊，你这差劲的作诗人，你想
用自己的琴声来向我表示尊敬，
可我不领情。我的亲爱的，你还是
把它献给随便哪个时髦诗人。

① 指法国诗人让·夏普兰，他曾写过表现圣女贞德的长诗，此诗遭到法国古典主义文艺理论家布瓦洛的嘲笑。

* * *

与你为邻我们提心吊胆，
虽然看起来彼此亲密无间，
但我这样说并非枉然，
要证明这点也不困难。
你们家，彬彬有礼的言谈
和戏谑……常夹杂其间，
这让我们真切地痛感：
实是《危险的邻居》的翻版。

* * *[①]

戴肩章的库杰伊金，我的朋友费塔[②]！
常给我们嘟囔冗长的圣歌：
诗人费塔，你可别成为费尔特[③]！
执事费塔，诗人中你只是个伊日察[④]！

① 这首诗是讽刺诗人费·尼·格林卡（1786—1880）的，他是个近卫军上校，著有诗集《圣歌》，所以普希金说他“常给我们嘟囔冗长的圣歌”。
② 费塔是俄语旧字母Θ的名称，1917年废除，代之以新字母φ。此处是双关语，既指费多尔（费多尔的第一个字母为φ），又含废物意。
③ 俄语新字母φ的名称，又含有“自命不凡的家伙”的意思。
④ 古斯拉夫语字母表中最后一个字母的名称。

*　*　*[①]

在饮宴者的前额，在婕丽娅美妙的酥胸，
绚烂夺目的玫瑰正香消玉殒

———

突然，在母株的花茎上面凋残，
像轻轻的叹息，一缕芳魂缓缓飘散，
那芬芳的幽灵在极乐世界的土地
也让死气沉沉的忘川两岸沉醉。

① 此诗用法文写成。

* * *

玫瑰刚刚凋萎，
带着馥郁的芳香，
一缕飘忽的芳魂，
便悠悠飞向天堂。

在那里，沉睡的波浪
渐渐带来了遗忘，
它那芬芳的幽魂
又在忘川旁开放。

《浮士德》构思的草稿

一

“告诉我，哪些咒语灵验，
能让你听从我的驱策？”
“都可以：只要你发出召唤，
我随时可以从天庭降落。
只要你有事想把我差遣——
我会像个机灵的奴才。
像土耳其人那样，你把手一拍，
吹个口哨，打打铃，我立刻
就出现。没办法，我任人差遣，
活着，戴着永恒的枷锁，
像可怜的保姆，如牛般气喘，
伺候你，看着你，听你差遣。”

二

“这是科库托斯河[①]，这是阿刻戎[②]河，
这是燃烧的弗列格顿河[③]。
浮士德博士，你就大胆些，
到了那里我们会快乐些。”
“哪儿有桥梁？”“要什么桥梁？
来吧，你就骑在我的尾巴上。”

“来的人是谁？”“一个士兵。”
“这是在干什么？”“在阅兵。”
“这是个首席军士，
这是个当将军的军士。”

“是什么在黑暗中燃烧？
是什么在大锅里沸腾？”
“浮士德，哈哈哈，
你瞧瞧，是鱼汤，
你看看，是帝王。
哦，煮吧，煮吧！……”

---

① 希腊神话中的冥河。
② 希腊神话中的冥河。
③ 希腊神话中的冥河。

三

“这是在驱赶尘世的儿童?
多么有秩序，又多么安静!
一溜多么巨大的拱顶，
可罪人是在哪儿煎烹?
到处静悄悄。”“那儿，很远。”
“我们在哪里?”“在大厅。”

———

“今天撒旦要举办舞会，
请我们去参加命名日典礼。”
“瞧，这两个小鬼正忙碌，
在聚精会神地烤乳猪，
而那个大鬼则认真严肃，
把锯末、硫黄、尘土和肉骨
有条不紊地扫出门外。”
“告诉我，客人是否快到来?”

“王牌是什么?”“红桃。”“该我出牌。”
“我压上。”“能不能稍稍等待?”
“我要了。”“周围的人都赢了我们。”
“嘿，死了!你真的在骗人。”
“闭嘴，你还嫩，又傻里傻气，
轮不到你来揭穿我的把戏。
我们赌的可不是金钱，

只是在消磨永恒的时间！”

“谁在那儿？”“你们好啊，诸位！”
“你大驾为何光临此地？”
“我带来了客人。”“哦，我的造物主！”
“这是浮士德博士，我们的朋友。”
“活人！”“他活着，早就是我们的人。
今天还是明天，这事不要紧。”
“这件事大家想法不一样，
可是按照过去的习惯，
必须取得我的同意，
不过这也没多大关系。
你也知道，我随时都准备
为朋友尽犬马效劳之力……
我出‘皇后’……”“压上！”“我打爱司……”
“对不起，王牌。”“好了，我们离开此地。”

* * *

你的金色青春我曾经亲眼目睹，
那时不需要智慧，也无需艺术，
十七岁的年纪便是美丽的代名词。
但是光阴荏苒，斗转星移，
你已经接近了风光不再的年龄，
年轻的求婚者逐渐冷落了门庭，
赞美声已渐少让你悦耳称心，
镜子则大胆地将你威吓教训。
怎么办……你只有平心静气，
趁早拒绝恋人们往昔的权利，
去寻找别的胜利，光明在前，
你得到幸福是我衷心的祝愿，
…………至于我的经验，
只有我这警世明哲的诗篇。

* * *

为了家庭的亲爱和友情的温厚，
姐姐，我赞扬你！不是当面，而是背后。

VARIANTES EN L'HONNEUR DE M-LLE NN①

为了尊敬、爱戴和友情的温厚，
我的朋友，我赞扬你，当面，也在背后。

① 法文：写给某某太太的版本。

* * *[1]

月亮闪耀着光辉，大海静静地安睡，
哈桑那风光艳丽的花园停止了喧响。
然而在那树荫幽暗的地方是谁
坐在凄凉冷清的喷泉边的大理石上？
那是后宫的白发守卫者黑人太监，
和他在一起的还有一个年轻的同伴。

“米兹鲁尔[2]，你别对我隐瞒
你内心深处郁结的忧伤。
你忧郁的目光、愤恨的怨言，
还有你那狂暴的幻想
早对我将一切详尽说明。
我知道，你的生活沉重艰难，
可你的悲哀是何原因，
我的孩子，且听老汉说因缘。”

① 这是普希金构思中一个东方故事的部分草稿。
② 《一千零一夜》中的太监。

*　*　*[①]

为皮鞭与笞刑说情的人们，
啊，各位声名显赫的公爵，
我的妻室和孩子们将像我一样
为此向你们表示感谢。
当我因案情被当局传唤，
去听取新的一次判决时，
我会为你们祈祷上苍，
并且永远都不会忘记，
为了你们的健康和荣誉
……去承受第一鞭的惩治。

① 普希金曾试图从米海洛夫村逃跑，为他的朋友普列特尼奥夫、维亚泽姆斯基和茹科夫斯基所阻止。普希金为可能遭到警方鞭打而以讽刺口吻“感谢”他的朋友们。

* * *

俄罗斯文学得了病，
它发作了歇斯底里症，
躺在床上说胡话，
是卡切诺夫斯基太张狂，
这个无情的酷评家
让月刊的出版着了凉。

* * *

悲伤的月亮在空中
遇到快乐的霞光，
一个热烈，一个冰冷，
霞光鲜艳如新娘，
月亮苍白像死人，
爱尔维娜，我遇见你就是这样。

致维亚泽姆斯基函摘抄

讽刺作家和爱情诗人，
我们的鬼王[①]和亚里斯提卜[②]，
你不是安娜·里沃夫娜的侄子，
她是我那已故的姑母。
多情的作家，细腻而俏皮，
我的伯父不是你的伯父，
然而亲爱的，我们的缪斯是姐妹，
因此你仍是我的同胞手足。

---

① “鬼王”是维亚泽姆斯基在阿尔扎马斯社中的绰号。
② 亚里斯提卜，古希腊哲学家，此处仍喻维亚泽姆斯基。

致维亚泽姆斯基函摘抄

在偏僻的乡间，过着斋戒般的生活，
备受折磨，腹部疲软，元气大伤，
我不能飞翔，只像鹰一般蹲着，
因腹泻而得到悠闲，卧病在床。

我珍惜家中储备的纸张，
已没有了灵感触发的冲动，
我难得登上帕耳那索斯山，
我到那里去，除非想要出恭。

然而你那奇妙的大粪①
却熏得我的鼻子奇痒难忍，
它使我想起了赫沃斯托夫，

① 维亚泽姆斯基 10 月 15 日给普希金的信中有如下几行：
你是赫沃斯托夫的模仿者，
你贪婪地追求着他的美，
瞧，这是我的、他的、你的、我们的大粪……
按：此处的“大粪”指他们所写的诗。

那长牙齿的鸽子的父亲[1]，
我的精神又重新被唤起，
像往日那样拉个不停。

① 沃赫斯托夫曾写过一首诗：鸽子用牙齿咬开死结。被传为笑柄。

*　*　*

沙皇皱紧了眉头，
张嘴对人说道：
“昨天起了阵风暴，
把彼得纪念碑刮倒。”
对方大吃一惊。
“真的吗？我怎不知道？”
沙皇笑个不停。
“老弟，今天是四月一号。”

他一脸悲痛的样子，
对宫里的女官说道：
“海外把一个人吊死
…………
我的意思是说，”
他突然又说了一句，
“法律真是残酷，
会把人的脖子勒死。”

* * *

我很愿意摈弃长篇大论，
不认为连篇累牍有何奥妙；
为了心灵的快乐，相信我，朋友，
有时长篇嫌短，有时一字即够。

译自伏尔泰[①]

白昼渐渐短，黑夜渐渐长，
寂寞无聊的季节来到了，
太阳仿佛无可奈何地
望着收割过的田野，
冬天的傍晚能做些什么？
趁着晚饭还没端上来，
我的各位可敬的朋友，
现在想不想听我摆一摆
那位善良的罗伯特的故事，
它发生在达戈贝尔特时代[②]？

他骑马从罗马回家，
身上带的盘缠却很少，
这位骑士长得很英俊，

① 译自伏尔泰的童话《女人喜欢什么》，系草稿。
② 指法国中世纪墨洛温王朝统治时期。

虽然年轻，头脑却很好。

———

那时候金钱……

———

为使他不敢再做荒唐事，
逮住他就真的绞死，
让他一命呜呼。

*　*　*

在哪一个星座下面，
在哪一颗行星之下，
你诞生了，年轻人？
是在近处水星的
还是在远方土星的
战神之星、爱神之星的下面？

———

年轻人，你诞生在
一颗无名的星星下，
一颗坠落的星星下，
它在寂寞的天空中
只闪现了一下。

致安娜·沃尔夫

唉！我枉然向那高傲的姑娘，
表明我心中满怀的爱情！
可我们的热血，我们的生命
都打动不了她的铁石心肠。
我只能将眼泪强行吞咽，
哪怕肝肠在悲伤中寸断。
…………
…………

断　章

* * *

尽情嬉戏吧，可爱的孩子，
跟着飞舞的蝴蝶飞舞，
捉住它，在带刺的……玫瑰上，
跟它闹着玩，把它捉住，
然后放它到自由的天地，
但是请听我一句忠告，
别和冬眠的毒蛇嬉闹，——
羡慕它的命运……
准备……
捉住它，用灵巧的手指

* * *

你们都笑我迷上一个活泼的姑娘，

她是个擦地板的女工，让人心醉神往。

* * *

在别人的前厅他彬彬有礼，
可在家里他冷漠、不可一世。

* * *

告诉我，夜啊，为什么你那宁静的幽暗
更让我心旷神怡…………

致丘赫尔别凯

祝愿你那善良的保护神保佑你，
在狂风暴雨中，也在风平浪静时

* * *

多么宽广，
多么深厚，
不，看在上帝的分上，
…………

* * *[1]

在放逐的那一天，在秘密的洞穴，
我读了让人荡气回肠的《古兰经》，
蓦地飞来了一个快乐的天使，
送来了护身符让我安心。

它有一股神奇的力量
…………
一只无人知晓的神手
在上面写下了神圣的语句。

① 这首诗是为伊·沃隆佐娃写的。他们曾在“秘密的洞穴”里幽会。

一八二六

致巴拉丁斯基[①]

你那中篇故事中的每行诗
都金币般响亮、金光闪烁，
你那楚赫纳姑娘[②]，确实，
比拜伦的希腊姑娘更出色，
那酷评家[③]才是个楚赫纳白痴。

① 此诗谈的是巴拉丁斯基的长诗《艾达》。布尔加林曾在《北方蜜蜂》发表评论，认为这首长诗“平淡、无生气”，诗句“并不出色”。普希金在此诗中肯定巴拉丁斯基的长诗。
② 楚赫纳姑娘指芬兰姑娘。
③ 酷评家指布尔加林。

致济娜[①]

济娜，这是我的肺腑之言：
尽情地嬉戏吧，用鲜艳的玫瑰
为自己编个庄严的花冠，
以后可别当着我们的面
撕碎情诗，让我们心碎。

① 这首诗写在奥西波娃的女儿叶·沃尔夫的纪念册上。

译自阿里奥斯托《疯狂的罗兰》[①]
第 23 歌

100

一道小溪比玻璃还清澈，
在勇士跟前波光闪闪，
大自然用万千可爱的花朵
装点着绿荫如盖的河岸，
种下了葱茏树木一棵棵。

101

牧场升腾着正午的暑气，
穷苦的牧羊人憩息在畜群旁。
披甲的英雄万分疲惫，
引诱着他的是小溪的清凉。

① 这是普希金对意大利诗人阿里奥斯托《疯狂的罗兰》第 23 歌的自由翻译，不拘泥于原诗的韵律。

可在这里，不幸的人在这里
找到的是残酷、可怕的栖息地。

102

他漫步树林中，到处看见
许多树上都留着题词。
在这些字迹上面他发现了
熟悉的笔迹，万分惊奇；
他不由得感到一阵恐惧，
他认出了那心上人的手笔……
事实如此，不顾正午的溽暑，
梅多罗和卡泰伊国的公主
从牧羊人的小屋来到这里，
朋友有时也来到此地。

103

罗兰读着他们的名字，
这名字都用花体字相连；
每一个字母都像颗钉子
把英雄的心儿狠狠地打穿。
他竭力麻痹自己的理智，
一直想自己欺骗自己，
虽然相信，却想不相信，
拼命发挥自己的想象力，

硬要自己相信，树林里
留下的花体字是别人所为，
不是她安杰丽嘉的笔迹。

104

但你这位勇士很快就说：
“然而这些笔迹我确实
十分熟悉……我认为，
梅多罗只是她臆想的名字。
公主也许是想用这名号
来将我赞颂，为我扬名。”
就这样，神话代替了真理，
他认为这样做会行好运。

105

然而他越是千方百计
想减轻自己心头的折磨，
而那不祥的疑惑就越是
加重，燃起熊熊的大火；
犹如网中的鸟儿，自由之友，
它越是挣扎，便会在网中
被套得更牢固，缠得更紧，
罗兰缓缓走向一座山头，
它耸立在一道小溪上空。

106

菟丝子弯弯曲曲的藤蔓
在浓荫蔽日的洞口悬挂。
在炎热的夏日，清闲时刻，
梅多罗和美丽的安杰丽嘉
喜欢在这里清凉的河边
依偎在一起自由地呼吸，
在这里周围的树木和岩石上
到处留下他们的名字；
两个幸福的人儿把名姓
用白粉、黑炭或小刀写成。

107

悲伤的伯爵一步步走去，
来到那个幽暗的山洞上，
他看见了题字——为赞扬这嬉戏，
梅多罗用他那慵懒的素手
在那些日子写下了几首诗；
这些诗是他用阿拉伯文写下，
是柔情缱绻时灵感的手记。
下面是这些诗的确切含意：

108

“鲜花、牧场、欢乐的小溪，

幸福的山洞，清凉的浓荫下，
爱情、嬉戏和慵懒的幽居，
在这里，我和妙龄的安杰丽嘉、
多少人为她的美貌而倾慕的
加拉弗隆迷人的少女
一起领略了丘比特的欣喜。
可怜人，我拿什么报答你？
我经常受到你的保护，
只有一件事可为你效力——
衷心的赞颂和谦恭的祈福。

109

“我祈求坠入爱河的诸君，
各位淑女、武士和有可能
被命运女神福耳图娜
偶然带到这方土地的
本地人或路过此地的旅人，
请你们祈求上苍赐福
给溪流、牧场、清荫和树林，
让山林仙女垂爱它们，
让牧人无论什么时候
都别赶来贪吃的畜群。”

110

伯爵精通阿拉伯语文
就像精通拉丁文一样，
他不止一次逃脱恶作剧，
但如今却逃不过一场灾殃。

111

两次，三次，五次，六次，
他想反复读读那题词；
不幸的人想竭力说服自己：
事实不存在，但枉费心机。
他看到真相，看得真切，
因而那无法忍受的忧烦
犹如一双冰冷的巨手
可怕地揪住他的心坎，
他终于用冷漠的目光面对
自己蒙受的这种羞愧。

112

他准备在这无言的痛苦中
麻痹知觉，离开人世，
啊，相信我，再没有什么

比这痛苦更令人撕心裂肺。
他将胡须抵在胸前，
这可怜的勇士，苍白，苦恼，
低垂额头，竟然无法
流下一滴泪，放声哀号。

＊　＊　＊[1]

在她祖国的蔚蓝色天空底下，
　她心中苦恼，渐渐憔悴……
她终于凋谢，她那年轻的芳魂
　也许已在我头上翻飞；
但我们之间横隔着一道鸿沟，
　我纵使动情也还是枉然：
我从冷淡的嘴里听到她的噩耗，
　我听着它也是一样冷淡。
我钟情于她用我火焰般的心灵，
　我对她是那样深沉专注，
我思念她是那么情深那么哀愁，
　是那么疯狂，又那么痛苦！
哦！对于这可怜的轻信的芳魂，

---

① 这首诗是诗人在听到意大利女郎阿玛丽雅·里兹尼奇的死讯后写作的，当时里兹尼奇已去世一年半。普希金是在听到五个十二月党人被处死的消息第二天（1826年7月25日）听到里兹尼奇的死讯的。由于对十二月党人五个领袖的被害极其悲痛，相比之下对里兹尼奇的死讯就只能淡然了。

我的痛苦和爱情又在哪里？
而忆起那一去不返的甜蜜往昔，
我既没有怨恨，也没有眼泪。

致维亚泽姆斯基[①]

难道是大海这古老的凶手
激发了你那创作的才思?
你竟用你那把黄金的诗琴
歌颂起凶恶的尼普顿的三叉戟。

别歌颂他。在我们这丑恶的世纪,
白发的尼普顿已成了大地的盟友。
在所有大自然的领域,人——
不是暴君、叛徒,就是阶下囚。

---

① 此诗写于 1826 年 8 月 14 日,是对维亚泽姆斯基《大海》一诗的答复。当时传说十二月党人尼 · 伊 · 屠格涅夫在伦敦被捕,正解往彼得堡。这是误传。

致雅泽科夫[①]

雅泽科夫，是谁启发了你的才思，
让你写成这大胆的寄语？
你多么淘气，又多么可爱，
感情和力量又多么丰富，
充满年轻人大无畏的豪气！
不，你不是用卡斯达里的泉水[②]
培育自己的嘉米娜女神[③]，
珀伽索斯[④]在你的面前
踢出的是另一股希波克林。
这灵泉流出的不是冷水，
而是泡沫翻腾的醉人的佳醪，
它令人兴奋，令人沉醉，
就像这种高贵的饮料：

---

① 这首诗是对雅泽科夫《啊，你的友谊对我更珍贵》一诗的回答。
② 希腊神话中帕耳那索斯山上的泉水，能给诗人以灵感。
③ 罗马神话中的诗神，相当于希腊神话中的缪斯。
④ 希腊神话中生有双翼的神马，它的蹄子踏过的地方有泉水涌出，即为希波克林泉，诗人可从中获得灵感。

用罗木酒加葡萄酒调制，

不加一点无用的水分——

它是在三山村①，在我们的时代，

为自由的渴望所驱使而发明。

① 普希金的流放地米海洛夫村的邻村，女主人普·亚·奥西波娃和普希金有很好的友谊，普希金常去三山村做客。

斯坚卡·拉辛之歌[①]

一

一条头儿尖尖的小船在
宽阔的伏尔加河上慢慢地划行，
船上的船夫是多么剽悍，
那是一些哥萨克，都很年轻。
船尾坐着他们的首领，
他就是可怕的斯坚卡·拉辛，
他面前坐着个美丽的少女，
那是个女俘，波斯的公主。
对那个公主，斯坚卡不看一眼，
他只凝视着伏尔加母亲河。
那可怕的斯坚卡·拉辛开口说：
“啊，你呀，伏尔加，我的亲娘!
你把我从懵懂的幼年养大，

① 此诗根据书面资料和民间传说写成。尼古拉一世不准此诗公开发表。

在漫漫的长夜，你摇着我入睡，
你把我带到风暴里磨炼。
你为我这小伙子不曾打盹，
你给我们哥萨克造了福。
但我们未曾给过你报答。”
于是可怕的斯坚卡一跃而起，
一把抓住那个波斯公主，
把美丽的少女投入波浪中，
把她献给伏尔加母亲河。

二

斯坚卡·拉辛
到阿斯特拉罕城
去贩卖货物。
当地的省长
向他要礼品。
斯坚卡·拉辛送去
窸窣响的绸缎，
窸窣响的绸缎——
锦缎闪金光。
省长又开口，
向他要皮袍。
皮袍很贵重：
下摆要新的，
一件海龙皮的，

一件是紫貂的。
斯坚卡·拉辛
不给他皮袍。
“拿出来，斯坚卡，
从你的肩上剥下来！
你要给便罢，
你不给，吊死你
在空旷的田野，
在绿色的橡树上，
在绿色的橡树上，
还给你裹上狗皮。”
斯坚卡·拉辛
仔细想了想：
“好吧，我的省长，
把皮袍拿去吧。
把皮袍拿去吧，
可别再嚷嚷。”

三

不是骏马的奔驰，不是嘈杂的人声，
不是战场上号兵吹起了号角，
是暴风雨在呼啸，在怒号，
在呼啸，在怒号，在欢乐地歌唱。
它在呼唤我斯坚卡·拉辛的名字，
叫我到蔚蓝的大海去游荡：

“勇敢的小伙子，你剽悍的强盗，
你剽悍的强盗，不安分的浪荡汉，
坐上你那飞快的大船，
扬起你那麻布的风帆，
到蔚蓝的大海上去游荡。
我要给你赶来三条大船：
第一条满载闪亮的黄金，
第二条满载纯粹的白银，
第三条船上有一个贴心的姑娘。”

自　白
（致亚历山德拉·伊凡诺夫娜·奥西波娃①）

我爱您，虽然我生自己的气，
虽然这是枉费心机而可耻，
我要匍匐在您的脚下，
承认这件不幸的蠢事！
我和您不相称，年龄不相当……
是时候了，我该理智一点！
但根据各种征象，我知道
相思病已侵入我的心坎；
您不在，我寂寞，直打哈欠；
您在场，我忧郁，可我愿意；
我忍耐不住，很想对您说：
“我的安琪儿，我多么爱您！”
有时候，我听见客厅里响起
您轻盈的脚步，沙沙的裙声，
或者您少女天真的声音，

① 亚·伊·奥西波娃是普·亚·奥西波娃与前夫所生的女儿，即阿琳娜。

我顿时就失去全部的理性。
您一微笑，我就觉得快乐，
您一转身，我就觉得忧愁，
您向我伸出的纤纤素手
这就是苦熬一天的报酬。
有时候，您在绣架旁落座，
随意弯下腰，辛勤地刺绣，
垂下了您的眼睛和鬈发——
我默默而柔情地欣赏着您，
像个孩子，陶然于您的隽秀……
有时候，尽管天色阴沉，
您还是准备到远处去散心，
我可要对您诉说自已的不幸，
对您倾诉爱慕的苦闷？
对您说出您孤寂时的眼泪，
两人在屋角时的喁喁细语，
到奥波奇卡[①]去的那次旅行，
还有傍晚时弹钢琴的心绪？……
阿琳娜，请您可怜可怜我，
我不敢向您祈求爱情：
我的安琪儿，我不配您的爱，
也许就因为我罪孽深重！
但您就做做样子吧！您的眼神

① 奥波奇卡在普斯科夫省，离米海洛夫村和三山村不远。

是那么灵活，能装得惟妙惟肖！
啊，您要骗骗我并不困难！……
受了骗，我也会如获至宝！

先　知[①]

我在昏暗的荒漠中艰难跋涉，
饥渴的心灵使我深受磨难，
这时有一位六翼的天使
在十字路口上向我显现。
那天使的手指轻飘如梦，
他点了点我的一双眼睛，
于是我像一头受惊的鹰鹫，
睁开了一双先知的明瞳。
他又触了触我的耳朵，
于是双耳里充满了声响：
我听到高远天穹的颤动，
天使们在九天之上飞翔，

① 这首诗是在十二月党人被判刑的消息传来后不久写成的。第一句开头原为：“巨大的悲痛使我深受磨难。”最后四句为：
“起来吧，起来吧，俄罗斯的先知，
穿上你那可耻的法衣，
到那可憎的杀人犯那里去，
把绞索套上他的脖子。”
此处杀人犯指沙皇尼古拉一世。

海里的动物在水下爬行，
山谷中藤萝枝蔓在生长。
他又贴近了我的双唇，
拉掉我那罪恶的舌头，
因为它好说空话又狡猾；
接着他伸出血淋淋的手
往我无法言语的嘴里
装上那智慧之蛇的舌头。
他又用剑剖开我的前胸，
摘掉我怦怦搏动的心脏，
把一颗燃烧着火焰的赤炭
放进我那打开的胸膛。
我躺在荒漠上像一具死尸，
忽然听见上帝在把我召唤：
“起来吧，先知，看吧，听吧，
在你的身上把我的意志充满，
你必须走遍天涯海角，
用话语去把人们的心点燃。”

致叶·亚·季马舍娃[1]

我见到了您，我读了它们，
这些绚烂迷人的作品，
诗作中您那懒懒的梦想
体现出您对理想的倾心。
我畅饮鸩毒，从您的流眄，
从您充满灵性的容颜，
从您和蔼亲切的言谈，
也从您如火如荼的诗篇；
啊，“禁绝的玫瑰”[2]的对手，
您那不朽的理想真是幸运……
但百倍幸运的是，谁并不唤起
您的诗情，却促使您写信。

---

① 叶·亚·季马舍娃（1798—1881），女诗人。普希金在莫斯科时曾和她有过交往。这首诗写在她的纪念册上。

② 维亚泽姆斯基在诗中赠给季马舍娃外甥女洛巴诺娃-罗斯托夫斯卡娅的绰号。季马舍娃和洛巴诺娃-罗斯托夫斯卡娅的婚姻都很失败，故普希金称她们为“对手”。

致伊·伊·普欣[①]

我的第一个朋友，我最宝贵的朋友！
我曾赞美过我的运命，
当我那孤独寂寞的庭院中
积满了凄清悲凉的白雪，
却突然响起你的马车铃声。
我虔诚地祈求神圣的上苍：
愿我的声音飞到你的身旁，
带给你的心同样的慰藉，
愿它用皇村学校明丽日子的
光芒把你的牢房照亮！

---

① 普希金 1825 年幽禁在米海洛夫村时，普欣曾去看望他。1826 年普欣因参加十二月党人起义被流放西伯利亚，普希金托十二月党人尼基塔·穆拉维约夫的妻子把这首诗和《“在西伯利亚矿山的深处”》带去西伯利亚。普欣于 1828 年在赤塔收到这首诗。

斯坦司[①]

我毫无畏惧地正视着前方，
满怀着对光荣和仁爱的期望：
彼得的美好时代的开端，
已因叛变和酷刑而沦丧[②]。

但他以真理收服人心，
但他以科学转变风气，
他唾弃那些粗暴的近卫军，
唯独欣赏多尔戈鲁科伊[③]。

他以无所不能的帝王的手
无畏地散播着教育的种子，
他不轻视自己的祖国，

① 普希金写这首诗的目的，是想通过歌颂彼得一世来教育尼古拉一世，诗人呼吁他要在各方面向他的祖先彼得一世学习。
② 指当时近卫军的叛变和彼得一世的镇压。
③ 雅 · 多尔戈鲁科伊（1639—1720），彼得一世的大臣，敢于对彼得一世直言进谏。

祖国的使命就在他的心底。

他又是学者，又是英雄，
又是航海家，又是木匠，
他有一颗海纳百川的心，
他永远是工人，居于皇位上。

你可以为家族的亲近而骄傲，
请在各方面学习你的祖先：
像他一样不知疲倦和坚定，
也像他一样不计前嫌[①]。

① 此处含有要求尼古拉一世赦免流放在西伯利亚的十二月党人的意思。

答 Φ. T*** [1]

不，她不是切尔克斯姑娘，
从来就不曾有这样的少女
从阴沉的卡兹别克山峰上
来到这格鲁吉亚的谷地。

不，她的眼睛不像玛瑙，
然而拿东方的全部宝贝
也难以换取她南国眸子
发出的令人倾倒的光辉。

① Φ. T 指谁不详，有可能是 Φ. 托尔斯泰。诗中提到的少女指索 · 费 · 普希金娜。普希金曾在莫斯科遇见她，向她求过婚，遭拒绝。

《冬天的道路》 B. A. 谢洛夫 绘 1898 年

冬天的道路

穿过层层波浪般的云雾，
月儿在云层里时隐时现，
它把一片凄清的银辉
洒落在荒凉的林中空地上。

在冬天空旷寂寥的道路上，
一辆三套马车在奔驰，
它一路响着单调的铃声，
叮当声催得人昏昏欲睡。

在车夫唱出的悠长歌声中，
响彻着亲切撩人的乡情：
一会儿是那么活泼欢畅，
一会儿又如此忧心忡忡……

没有灯火，没有黑魆魆的房舍……
到处是旷野，白雪皑皑……

只有那一根根长长的里程标
不断地向着我扑面飞来……

又寂寞，又忧伤……可明天，妮娜，
明天，我就回到心上人的身边，
我将在壁炉旁边陶醉，
瞧着你，永远不会厌倦。

时针会滴答滴答响着
按着节拍走完它的一圈，
午夜将送走讨厌的客人，
可是它不会把我们拆散。

多愁人哪，妮娜：路上真孤单，
车夫在打盹，再也不声响，
铃铛发出单调的响声，
薄薄的云雾又遮住月亮。

＊　＊　＊[①]

在一座希伯来人的小屋里，

角落里的小灯灯光昏黄，

一个老人对着微弱的灯光

读着《圣经》。他那苍苍的白发

一根根脱落在手里的《圣经》上。

一个年轻的希伯来女人

对着空空的摇篮哭泣。

一个年轻的希伯来男人

低着头坐在另一个角落，

正深深耽入自己的思绪。

在这凄凉愁苦的小屋里，

老婆婆正准备一家的晚餐，

---

① 这是一首未完成的诗稿。据 Ф.马列夫斯基的日记记载，普希金曾在 1827 年 2 月 19 日克·波列伏依家的晚会上谈到《永生的希伯来人》的构思：“在一个希伯来人家的小屋里死了孩子。在一片哭声中，有人对孩子的母亲说：‘不要哭。可怕的不是死，而是生。我是个流浪的希伯来人。我看见背着十字架的耶稣，侮弄了他。’120 岁的老人当着他的面死去。这件事比罗马帝国的崩溃更加使他震惊。”

老头子合上手里的《圣经》，
随手扣上了青铜的扣环。
老婆婆把粗劣的晚餐放在
桌子上，叫全家都来吃饭。
忘记了食物，没有人过来，
默默无言中流逝了时间。
一切都在夜幕下进入梦乡。
只有这座希伯来人的小屋
没有快乐的幻梦来造访。
城里的钟楼上敲响了子夜的
钟声。突然一只手重重
敲着门。全家人都吃了一惊。
年轻的希伯来人站起来开门，
疑惑的神情显露在脸上——
一个陌生的旅人走进来，
手里拄着走路用的手杖。

致**

毫无疑问，你就是圣母。
你不是一个凭自己的美色
只能使圣灵倾倒的美人，
所有的人都会为你着魔；
你不是那生下基督的贞女①，
她怀孕，没得到丈夫的同意。
世上有另外一位神灵，
美的事物都听从他的管理，
他是巴尔尼、提布卢斯和穆尔②的神，
他使我苦恼，也使我欢愉。
他完全像你——爱神的母亲，
你是我的圣母，毫无疑问。

---

① 指圣母马利亚，传说她由圣灵感孕，生下耶稣基督。
② 巴尔尼（1753—1814），法国诗人。提布卢斯（约前 54—前 19），古罗马诗人。托马斯 · 穆尔（1799—1852），爱尔兰诗人。

致维利科波利斯基函摘抄

我又要和你算一笔账了，
时而激越时而萎靡的爱情诗人；
你弹起诗琴时十分可爱，
但打什托斯[①]却很蠢笨。
你输掉的五百个卢布
就是此事最好的明证。
我的命运和你的命运相似，
朋友，这就是其中原因。

① 一种牌戏。

* * *[1]

只要那能言善辩的双唇
轻轻地碰你一下，那一瞬，
他那奇妙的智慧之火焰
就会神秘地流入你的身。

———

诗人初次使用的水晶杯啊，
请你装点我寒酸的住房，
你是神圣诗歌的保证，
也是甜蜜友情的保障。

你身上蕴藏着有益的热量。
…………

---

① 这首诗是因雅泽科夫来米海洛夫村看望普希金而写的。诗不完整。

* * *[①]

祝愿新婚的幸福一家，
像斟满的酒杯一样美满——
你们的幸福难以想象，
但你们对此不发一言。

对于我的智力来说，这事
太奇怪，简直是一团糨糊。
让它去吧，但随您的便，
我什么也不会对您透露。

我和我的心上人玛莎
是如此快乐，就像在过节；
对于我们的幸福，我们
永远都不会轻易外泄。

① 此诗可能是为某一剧本写的歌词。

且慢——我马上就能猜出
您心中郁积的诸般痛苦。
我能理解，我能够理解！
您什么也不用对我倾诉。

对严厉的审判和您的陈述，
我们比任何事情都重视。
难道不是只有您一人
对我们的幸福未吐露一字。

———

他和我同年，他如此可爱，
我总是将他视为兄长，
他爱我，就像哥哥爱妹妹，
请问，我有什么不当。
不，玛莎，你没有什么不当。

———

因此，这门亲事办不成。

致奶妈[①]

我那严峻日子里的友伴，
我的年老体衰的亲人，
你久久、久久地把我等待，
一个人单独在茂密的松林。
你站在屋子的窗口底下，
像站岗一样，独自伤心，
你那皱纹累累的双手
不时地放下编结的棒针。
你望着我那久别的家门外，
那通向远方的黑色路径：
思念、预感、种种的忧虑，
时刻在你的心头翻腾。
你忽而感到…………

---

① 普希金的奶妈是阿琳娜·罗吉昂诺夫娜（1758—1828），他的童年和他流放在米海洛夫村的两年是和奶妈一起度过的。奶妈知道许多民间故事，她的讲述对普希金的创作有一定影响。这首诗是普希金结束流放生活回莫斯科后写作的，未完成。奶妈于 1827 年 3 月 6 日曾写信给普希金，信中说："来吧，我的天使，到我们的米海洛夫村来，我要把所有的马都派出去迎接你。"

致索波列夫斯基函摘抄[①]

首先要备足葡萄酒，因为无论在哪里都买不到好的。然后

大叫一声："从前有一只火鸡。"

在加利亚尼或科利奥尼
为自己在特维尔预订一盘
用帕尔马干酪调的通心粉，
然后再煎它一个鸡蛋。

空闲的时候到托尔若克
波查尔斯基家里吃顿饭，
尝尝煎肉饼（正是煎肉饼），
然后轻装上路再向前。

等到乡下人把那辆大车

① 这首诗描写从莫斯科到诺夫哥罗德途中的见闻。

好容易拖到亚热尔比齐，
我那个朋友，睁大眼睛，
那样儿真是馋涎欲滴！

有人给你送来了鲑鱼！
马上就吩咐送去烧熟，
你当场就能看见：发蓝了，
往鱼汤里倒进一杯美酒。

为了让鱼汤烧得称心，
可以往这锅清汤里
放进一点儿胡椒粉，
再把一小段青葱放进去。

亚热尔比齐是瓦尔代的下一站。在瓦尔代你可以问问有没有新鲜的鲱鱼，如果没有，

可以向那些好商量的农妇
（瓦尔代即以她们著称）
在饮茶之前多买些面包圈，
然后你就尽快地起程。

我建议你在每个驿站从马车里往外扔空酒瓶，这样你就可以做点事解闷。

断　章

*　*　*

起来，起来吧，俄罗斯的先知，
穿上蒙受耻辱的囚衣，
去吧，让脖子套上绳索，
向令人憎恶的凶手走去。

*　*　*

假如我能够，也会像个小丑

*　*　*

去显示晨装的缤纷多彩

*　*　*

当我们的心突然揪紧

一八二〇—一八二六

* * *

在神圣树林[①]沉睡的岸边，

　我反复呼唤你的芳名；

我常在那里独自流连忘返，

眺望远方……期待邂逅佳人。

① 指橄榄树林。

题赫沃斯托夫伯爵的悲剧[①]

书中附有科洛索娃玉照

相似的命运为诗人
也为美人儿安排：
诗篇总和玉照分离，
玉照也和诗篇分开。

① 悲剧指赫沃斯托夫翻译的拉辛悲剧《安德洛玛克》。科洛索娃系俄国女演员，曾在该剧中扮演爱尔米奥娜一角。她的剧照刊登在 1821 年版的《安德洛玛克》一书上。

* * *

无论做什么您都不顺手，
您总和幸福走不到一起：
您虽然美丽却不合时宜，
您虽然聪明却到处碰壁。

*　*　*

啊，辛辣讽刺的缪斯！
来吧，请你响应我的召唤！
我不要铿锵和鸣的诗琴，
请给我尤维纳利斯①的皮鞭！
我写下刻薄挖苦的讽刺诗，
不是为了有人仿作诗文，
不是为了饥肠辘辘的翻译家，
不是为了顺从的蹩脚诗人！
祝你们平安，不幸的诗人，
祝你们平安，报刊上的走卒，
祝你们平安，驯服的蠢货！
而你们，一群卑鄙无耻之徒——
站出来！我要用羞耻的烙印
对你们这些坏蛋施以重刑！
如果我万一遗漏了哪一个，

① 尤维纳利斯（约60—约140），古罗马讽刺诗人。

诸位，请你们快给我提醒！
啊，有多少苍白无耻的面孔，
啊，有多少空虚愚蠢的笨驴，
正准备从我这里取得
那永远无法磨灭的印记！

题亚历山大一世[①]

他在战鼓声中长大成人，
我们的沙皇是勇敢的军官：
在奥斯特利茨他临阵逃跑，
在一八一二年他浑身打颤，
可他是操练军队的行家！
但这英雄也厌倦了操练——
如今他管起了外交事务，
俨然是一个八等文官！

① 在俄军击败拿破仑后，亚历山大一世出席维也纳会议，组织神圣同盟。

* * *

巴拉丁斯基在梦想什么，

普列特尼奥夫在思考什么？

一八二七

* * *①

在西伯利亚矿山的深处，
请你们保持坚韧的精神，
你们辛劳的汗水不会白流，
也不会空怀崇高的进取之心。

“灾难”的忠实姐妹——“希望”
就是在阴暗的矿山底层
也会唤起你们的勇气和欢乐，
那渴望已久的时刻终将来临。

爱情和友谊将会冲破
幽暗的牢门来到你们身旁，
就像我这自由的歌声
会飞进你们苦役犯的牢房。

① 这首诗是托著名十二月党人尼·米·穆拉维约夫的妻子穆拉维约娃带到西伯利亚去的，曾以手抄形式广为传播。

沉重的枷锁将会打碎，
牢狱将变成废墟一片，
自由将热烈地迎接你们，
弟兄们会给你们送上利剑。

夜莺和玫瑰

在幽静的花园里，在春夜的昏暗中，
东方的夜莺在玫瑰的枝头上歌唱。
但可爱的玫瑰无动于衷，也不倾听，
只在那倾慕的颂歌中打盹和摇晃。
你不也是这样给冷若冰霜的美人
唱歌？清醒些吧，诗人，你在追求什么？
她不听也不理会你这诗人的歌声；
她那么娇艳，对你的呼求却报以沉默。

讽刺短诗[①]

（选自诗选）

神弓在响，神箭在颤抖，
蜷成一团，死了那蟒蛇[②]；
你脸上闪耀着胜利的光辉，
观景殿里的阿波罗！
是谁出来为妖蟒打不平，
是谁打破了你的雕像？
敢于与阿波罗较量的敌手，
是你，观景殿里的米特罗方[③]。

---

① 二流作家安·尼·穆拉维约夫（1806—1874）一次在季·亚·沃尔康斯卡娅（1792—1862，俄国女作家，公爵夫人，沙龙主人）家的晚会上打破了阿波罗的石膏像，还在雕像上题诗，说他想和阿波罗较量一番。普希金为此写了这首诗。

② 希腊神话中的妖蟒，为阿波罗所杀。

③ 冯维辛喜剧《纨绔少年》中的主角，农奴主家的浑浑噩噩的少年。此处指安·尼·穆拉维约夫。

* * *

有一株奇妙的玫瑰：
在惊奇的阿佛洛狄忒面前，
受到了维纳斯的祝福，
开放得又鲜红又娇艳。
尽管严冬里寒气逼人，
阿佛洛狄忒和佩福斯[①]已冻坏，
那不谢的玫瑰却在
凋萎的玫瑰中独放异彩……

① 此处可理解为诗情。

致叶·尼·乌沙科娃[①]

在古代往往都是这样，
当鬼魂或魅影出现的时候，
念上一句普通的咒语，
就可以立刻把撒旦赶走：
“阿门，阿门，快点散去！”如今
少得多了，那些魔鬼和魅影
（上帝才知道，它们藏到哪里去）。
可是你，我的恶煞或女神，
当我在眼前亲眼看见
你的侧影、明眸和金黄的发辫，
当我听见你的声音，
你那欢乐、生动的言谈，
我的心便沉醉了，我全身燃烧，

① 叶·尼·乌沙科娃（1809—1872），普希金的朋友，1827 年普希金常去她家造访。此诗写在乌沙科娃的纪念册上。

在你的面前浑身战栗，

我会用一颗火热的心在幻想中

对你说：“阿门，阿门，快点散去。”

致季·亚·沃尔康斯卡娅公爵夫人

（奉寄长诗《茨冈人》附诗一首）

在人们寻欢作乐的莫斯科，
舞会上传播着流言蜚语，
到处在议论惠斯特和波士顿[①]，
你却偏爱阿波罗的游戏[②]。
你啊，缪斯和美的女皇，
你那娇柔的玉手执掌着
赋予人灵感的魔力手杖；
你那娴静智慧的前额
戴着令人仰慕的双重桂冠，
保护神在你头上闪耀盘旋。
请不要厌弃我卑微的礼物，
这是被你迷醉的歌手的一首诗，
请你含笑倾听我的声音，

---

① 惠斯特和波士顿都是牌戏名称。

② 希腊神话中太阳神阿波罗执掌诗歌、音乐，阿波罗的游戏即指这两种艺术。

犹如路过这里的卡塔拉尼[①]

倾听流浪茨冈歌女的歌曲。

① 卡塔拉尼（1780—1849），意大利女高音歌唱家。有一次到俄国旅行，曾听茨冈歌女唱歌。

致叶·尼·乌沙科娃[①]

虽然离开您很远很远，
我的心并没有和您分离，
慵倦的嘴唇和慵倦的眼神
仍在折磨着我的愁思；
我在孤寂中将惆怅憔悴，
我却不想去寻求欢愉——
有朝一日我若被处了绞刑，
您会不会为我长长叹息？

① 此诗写于 1827 年 5 月 16 日离开莫斯科去彼得堡前夕。

三股清泉

在人世凄凉而无边的草原上
神秘地涌出三股清泉：
青春之泉，那是湍急汹涌的泉水，
它潺潺地奔流、激荡，波光潋滟。
卡斯达里之泉以它灵感的波浪
为人世草原的放逐者解渴。
还有一股是凛冽的忘怀之泉，
它最甜美，能浇灭心灵之火。

阿里昂[①]

我们许多人同乘一叶扁舟，
有的人用力拉紧了风帆，
有的人用那牢固的木桨
在深海中齐心协力地划船。
我们干练的舵手掌着舵，
默默地驾驭着重载的小船。
而我满怀着乐观和信心，
给水手们歌唱……突然海面
被一阵狂风掀起了巨浪，
舵手和水手们都不幸遇难！
只有我这神秘的歌手
被狂暴的风浪抛上了海岸。
我仍然高唱从前的颂歌，
在一座嵯峨的悬崖下面，
把我那浸湿的衣裳晒干。

① 阿里昂是古希腊诗人，传说在海上遇难，为海豚所救。这首诗写于 1827 年 7 月 16 日，即五个十二月党人领袖被处死一周年的时候。普希金用隐喻的手法表达了他和十二月党人的关系。

致莫尔德维诺夫[①]

叶卡捷琳娜时代的最后一头苍鹰[②]
在凄凉的晚年已渐渐匿迹销声。
他感到翅膀沉重，渐渐忘怀了
　　天空和品都斯[③]陡峭的高峰。

这时你出现了：你的光芒温暖了他的心，
他睁开双瞳，振翼搏击长空，
他喜形于色，欢呼雀跃，霍地飞起，
　　去迎接你给他带来的黎明。

莫尔德维诺夫，彼得罗夫没有错爱你，

---

① 尼·谢·莫尔德维诺夫（1754—1845），伯爵，俄国国务活动家，1810年起任国务委员会委员，1821年起任国民和宗教事务司司长，主管财政，在进步人士中享有崇高威望。十二月党人准备在起义成功后委任他当临时政府成员。在处决十二月党人的判决书上，莫尔德维诺夫没有签名。
② 指俄国诗人瓦·彼·彼得罗夫，他曾写颂诗歌颂莫尔德维诺夫。
③ 品都斯山，希腊山脉，阿波罗和缪斯的灵地。

他为你骄傲，即使到了科齐特[①]河岸上：
你能证明他的诗琴没有弹错，你永远不会
　　辜负英明诗人的希望。

你多么出色地实现了他的预言！
你闪耀着豪气、荣誉和学识的光辉，
在议会上你坚决维护自己的主张，
　　你屹立着，如另一个多尔戈鲁基[②]。

像灰白的岩石从高山滚落激流，
它屹立不动，任两岸剧烈震颤，
任电闪雷鸣，浪涛咆哮，在四周
　　翻滚、旋转，拍击着两岸。

你一个人用双肩挑起千斤重担，
监守沙皇的国库，你日夜警醒，
寡妇的小钱[③]和西伯利亚矿山的贡赋
　　在你面前是一样神圣。

---

① 希腊神话中阴曹地府里的河流。
② 即多尔戈鲁科伊，参见本文集《斯坦司》注。
③ 莫尔德维诺夫曾上书沙皇，要求取消死刑，减免穷苦阶层赋税，增加西伯利亚金矿收入。“寡妇的小钱”典出《圣经》，耶稣认为寡妇捐献的两个小钱是尽其所有，因此比别人捐献得多。见《圣经·新约·马可福音》第12章。

天　使

温柔的天使在伊甸园门口
低垂着头，闪耀着光芒，
而那阴沉和反叛的魔鬼
则在地狱的深渊上飞翔。

否定的精灵，疑惑的精灵，
抬眼凝望着纯洁的精灵，
他有生第一次模模糊糊
体验到一种温煦的感情。

“饶恕我吧，”他说，“我看见了你，
你没有枉然把我照耀，
我并不憎恨天上的一切，
对人间我也不那么高傲。”

* * *[1]

多么美妙的夜！寒风凛冽，
晴空万里，不见一片浮云，
湛蓝的天穹像密缝的幕布，
千万颗星星灿烂缤纷。
家家户户都熄了灯。大门
紧紧关闭，挂上沉甸甸的锁。
人们都已进入了梦乡，
闹声静息，小贩不再吆喝；
只有看家狗时而吠叫几声，
颈上的铁链也频频响动。

整座莫斯科都安然入睡，
忘记了白天的纷扰惊慌。
昏暗的夜色中广场隐约可见，

① 这是一篇描写伊凡雷帝时代近卫军的未完成诗稿，取材于卡拉姆辛《俄罗斯国家史》中关于伊凡雷帝集体处决近卫军的描写。

满目是昨天行刑的景象，
到处是酷刑的新鲜痕迹：
这里是一具被砍头的尸首，
那里是绞架、钢叉和铁锅，
里面是已经冻结的脂油；
这里是一座推倒的断头台；
钢铁的尖齿高高竖立，
一堆堆骨灰还在阴燃，
死人在吊环上时而抽动，
已经僵硬，成了发黑的尸体……
不久前，鲜血的细流还从
四面八方染红着雪地，
有人发出微弱的呻吟，
然而死神已像夜间的梦，
把他的猎物一把抓去。
那是谁？是谁的马匹正全速
在这阴森的广场上奔驰？
谁的口哨声和响亮的说话声
在这黑魆魆的夜空中响起？
这是谁？——一个慓悍的禁卫军。
为赴约会他正奔向前方，
胸中沸腾着强烈的欲望。
他对马儿说：“我的骏马，
我忠实的骏马！像箭一般飞跑！
快点，快点！”但他那骏马
突然扬起编结的鬃毛

站住。黑暗中，绞架之间，
橡木横梁下一具尸体
在晃荡。神情严峻的骑者
本想从下面奔驰过去，
但他的快马在鞭子下挣扎，
不断打响鼻，向后面奔窜。
“你往哪儿去？我的骏马！
你怕什么？今天怎么不一般？
昨天我们不是在这里驰骋，
报复的热望在胸中燃起，
沙皇那些慓悍的叛军
不是被我们愤怒地击溃？
难道不是他们的鲜血
洗刷了你那脚下的铁蹄！
如今你已认不出他们？
我的快马，我勇敢的坐骑，
奔腾吧，飞驰吧！”疲倦的马儿
于是从尸体下向柱子间冲去。

致基普连斯基[①]

瞬息万变的时尚的宠儿，
你虽不是英国人，不是法国人，
亲爱的魔术师，你却又一次
塑造了我，纯真缪斯的门生——
于是我可以嘲笑坟墓，
我将永远摆脱死亡的命运。

我犹如在镜中看见自己，
但这面镜子在将我奉承：
它在说：我绝不会贬低
庄严的阿俄涅斯[②]偏爱的人。
于是我的形象将远扬于
罗马、巴黎和德累斯顿。

---

① 普希金一幅著名肖像的作者。他准备将这幅肖像带到国外参加展览。
② 希腊神话中的风神。

赞美诗

（献给叶卡捷琳娜·尼古拉耶夫娜·卡拉姆辛娜[①]）

航海家终于到达了陆地，
天意将他从风暴中救出，
他满怀敬意将自己的礼品
献给神圣的主——圣母。
我也想怀着激动的心情，
将这凋敝的素净花冠
献给你，在太空缥缈的静寂中
高高照耀着大地的太阳，
献给你，在我们虔诚的眼前
如此亲切耀眼的姑娘。

① 著名诗人卡拉姆辛的女儿，时年 17 岁。

诗　人

当阿波罗还没有要求诗人
向他做出神圣的奉献，
诗人只囿于狭小的眼界，
在浮华的世上为琐事忧烦；
他那神圣的诗琴沉默着；
心灵在淡漠的梦中沉醉，
在无所作为的人们中间，
他也许比谁都无所作为。

但是诗人敏锐的耳朵
一听到神灵发出的呼声，
他的灵魂便会猝然一震，
犹如一头雄鹰被惊醒。
他会厌烦人间的游戏，
和世人的流言格格不入，
在人们供奉的偶像面前，
他再不会低下骄傲的头颅；

他变得落落寡合和严峻，
心中充满诗的音响和激情，
奔向万顷波涛的岸边，
奔向喧嚣不息的树林……

* * *[①]

在繁华的威尼斯辖区附近的地方，
一个夜行的舟子借着金星的微光，
在海边一边驾着他的贡多拉[②]，
一边歌唱里纳尔多、戈特弗里德和埃尔米尼亚[③]。
他爱自己的歌，歌唱只为了愉快，
并不谋求什么，既不期待喝彩，
也不害怕，不存希望，只胸怀缪斯，
在无底的大海上给旅途增添兴致。
在我生命的大海上，周围一片黑暗，
风暴是如此无情地追逐着我的孤帆，
像他一样，不企求关注，我放声歌唱，
并喜欢独自构思隐秘的诗章。

---

① 此诗译自法国诗人安德烈·谢尼埃的一首诗。
② 威尼斯的一种两端尖细的平底船，长 10 米，能载 2—6 人。
③ 塔索《被解放的耶路撒冷》中的人物。

译自阿尔菲耶里[①]

犹豫、恐惧、罪恶的渴望，
我已不能在心中保留；
我是腓力不忠实的夫人，
我竟然大胆爱上他的儿子！……
可是看着他又怎能不爱他？
热情、善良、倔强、高贵的秉性，
高超的智慧，美好的心灵
和美好的外貌……为什么大自然
和上天把你造就成这样？……
我还能说什么？啊！我还怎么能
将这可爱的形象从心灵深处
抹去？哦，但愿他能明白
我那火热的心！在他面前
我总那么忧伤；然而我总

① 阿尔菲耶里（1749—1803），意大利剧作家。此诗是阿尔菲耶里悲剧《腓力》中伊莎贝拉一段独白的翻译。

回避和他相遇；他知道
西班牙禁止欢乐，谁又能
明白我的心？啊，连我自己
也不能；他也像别人一样
迷惑不解，像别人一样
躲避我……唉，我多么可怜！
痛苦中我找不到别的安慰，
除了眼泪，可流泪，这是犯罪。
我还是回去，在那里才有自由……
我看见了什么？查理！走吧，
话语、眼泪都没有用，唉，走吧。

致杰尔维格函[1]

杰尔维格，请接受这个骷髅：
你有权利，它理应属于你。
现在我要告诉你，男爵，
让你知道它哥特式的[2]荣誉。

这个可敬的骷髅不止一次
被酒神冒出的热气所温暖；
立陶宛的宝剑在不祥的时刻
曾经敲击它，响声连连；
阿波罗赋予万物生机的光芒
也不曾照穿这个骷髅；
总之，这个骷髅容纳过
男爵，杰尔维格男爵[3]的

① 普希金将安·尼·沃尔夫赠给他的骷髅交给杰尔维格时附上这首诗。
② 意为中世纪的。
③ 指杰尔维格的祖先。“杰尔维格”是姓，因此普希金的同学杰尔维格和他的祖先杰尔维格男爵在称呼上是一样的。

颇有分量的大脑。男爵，
不用说，是一位出色的猎人，
骑士，酒杯的忠实朋友，
威慑侯爵夫妇们的雷神。
我的朋友，时代是这样无情，
你那位脑子迟钝的祖先
凭着骑士的心灵定会感到不安：
当他在自己面前看到
你的装束全不像一个军人，
头上还戴着番桃木的花冠，
架着眼镜，抱着金诗琴。

　教会的记事册里早已
记录在案：他已亡故多年，
在里加[1]同他的祖先一道
正享受永不苏醒的梦幻。
不过，男爵在凄凉的居处
倒还满足于他的命运、
牧师在葬仪上的一番赞扬、
封建社会陵墓上的纹章，
以及上面拙劣的铭文。
但在我们这不安宁的年代，
死人也同样不得安生。
一个头发蓬乱的天之骄子，

① 拉脱维亚的首都。

又是数学家，又是诗人，
忧郁而傲慢的好事之徒，
法学家，生理学家，外科医生，
思想家，同时也是语文学家，
总之，一个实实在在的大学生，
嘴里叼着螺纹的烟斗，
留小胡子，手持木棒，披着斗篷，
来到了里加。他目空一切，
吞云吐雾，弄得烟雾腾腾，
在下等酒馆里自斟自酌；
他在海岸上踽踽独行，
梦想着绿蒂①，或满怀忧思
写写诗，甚至动手打犹太人。
大学生一个人就在小酒馆
楼梯下昏暗的陋室里栖身；
那里就像挂镜子和图画，
墙上并排密密悬挂着
便帽、长剑和短短的斗篷。
一本弄得脏兮兮的纪念册，
两本东方语言的辞典，
以及费希特②和柏拉图的著作
堆在角落里的地板上，
上面蜘蛛网连成一片，——

① 歌德小说《少年维特的烦恼》中的女主人公。
② 费希特（1762—1814），德国哲学家。

这是学者研究的对象，
也是饥饿的耗子的美餐。
我们都知道：可敬的思想家
并不寻求毫无意义的豪奢，
他常嘲笑愚蠢的浮华，
在陋室里吹口哨自得其乐。
满足是一切崇高心灵的
标志，圣哲这样教导过。
然而这位大学生终于发现
在他的生活中还有一个
重大的欠缺：有一种物品
他非常必需……一个骷髅；
哲学家很喜欢的一种东西，
毫无疑问，它看起来舒服，
心情也愉快，并且有益；
但他到哪儿去弄到骷髅？
有一次，他在礼拜天遇见
一个城里的教堂工友，
他的脑子里立刻就浮现
他的性格和他的职务，
决定和他交朋友开诚相见。
我的幻想家喝下一杯啤酒，
便把心里话对教堂工友
尽情倾吐，他说："你能不能，
我的朋友，在空闲的时候，
带我到墓地的地下室里去，

那里有许多没用的骨头，
你就顺便帮帮我的忙，
让我把一副骨头拿走？
我以冥王的名义起誓，
它将成为我的友谊的保证，
一直到我生命的最后一息，
它将是我的居室里美的象征。”
吃惊的教堂工友感到困惑。
“你这算什么念头，什么爱好？
到那远离尘世的墓室里，
把那群可敬的亡灵惊扰；
还要把其中一副偷走！
谁去偷？……我，坟墓的守护者！
日后死者会对我怎么说？”
可是，啤酒能消除恐惧，
也能平息愤怒的良心，
并终于解除了他心中的疑问。
行，就这么办！于是他答应，
入夜之前将准备停当，
和这位朋友约定了时间。
他们分手了。
　　　　　　暮色苍茫。
夜晚来临。披上了斗篷，
我们这引人注目的主人公
已站在坟墓的暗道旁边，
手里提着一盏破灯笼，

我这犯罪的教堂工友
也准备去创建命定的奇功。
于是生锈的铁锁吱吱响，
靠不住的大门发出吱吱声，
两个勇士这时走进了
地下室庄严肃穆的黑暗中；
灯笼以它昏暗的光线
照亮这荒凉僻静的穹隆，
他们向前走着，墓中的回音
打破了坟墓本身的沉寂，
长长地回应着两人的脚步声。
他们面前是一长排棺木，
到处是盾牌、纹章、王冠；
周围，在荣华一时的腐物中，
一个个自古世袭的男爵
正做着永不苏醒的梦……

如果你祖先的棺木落到这个大学生的手里，他为了保护自己，揪住大学生的领子，或者用白骨的拳头威胁他，或者用别的什么方式对他表示不满，在这种充满诗意的时刻，我是绝不敢停下我的诗作的。可惜盗墓顺利成功了。大学生拆下男爵的骨头，把它们塞满各个口袋。回到家里，他很灵巧地用铅丝把这些骨头串联起来，编成一副很完整的骷髅。可是不久，男爵的骨头从地下室被盗往小酒馆储藏室的消息传遍了全城。犯罪的教堂工人被开除，大学生被迫逃出里加。由于情况不允许他带上这个“旅伴”，他便把男爵再次拆开，分赠给他的朋友。这世袭贵族的大部分骨头落到了一个药剂师手中。我的朋友沃尔夫得到了颅骨，用它来装烟丝。他对我说了这个颅骨的由来，知道我是多么爱你，便把颅骨让给了我。这是我应当感激的许多人中一个人的颅骨，有了他们，我才有你这个朋友。

杰尔维格，请接受这个骷髅，
它属于你是理所应当。
男爵，你可以把它加加工，
为它镶上一个方正的边框。
请你把这件坟墓里的制品
用作寻求欢乐的酒杯，
拿冒泡的美酒把它净化，
用它品尝鱼汤和稀粥的滋味。
你可以仿效《海盗》的歌者①，
可以在家庭的饮宴中模仿
斯堪的纳维亚的军人天国②，
或者像哈姆雷特-巴拉丁斯基③
面对着骷髅沉思默想：
这个生命的已故的捍卫者，
不管是不是盛满美酒，
对于哲人，它作为交谈者，
都抵得上一颗有生命的头。

---

① 指英国诗人拜伦。

② 指斯堪的纳维亚传说中的军人陵园。传说这些幽灵用被打死的敌人的颅骨喝酒。

③ 巴拉丁斯基写过一首诗《骷髅》，哈姆雷特（莎士比亚同名悲剧的主人公）曾手捧骷髅说出一段著名的独白，因此普希金把巴拉丁斯基称为哈姆雷特。

* * *[①]

贵族的马厩各方面都很出色：
以干净、马夫和骏马令人称羡，
这些好马对一切都感到满意：
无论是饲料、单间或照管。
挽具在橡木支架上闪光，
一匹匹快马在单间里发亮。
这马厩只有一样不好——
家神常钻到里面捣蛋。
每天夜晚他都来到马厩，
给贵族的马匹洗刷、照料，
把马鬃编成一根根辫子，
还把马尾巴紧紧打个结。
他怎能不喜欢那匹乌骓马。
每天傍晚我赶马去饮水，
走过一处处贵族的马厩，

① 这是一首未完成的诗，是普希金最初试写的民歌中的一首，原文无韵。

顺便走进乌骓马的马栏——
马儿温顺，一切都正常。
到早上，一打开马厩的门，只见
马儿不安静，浑身是汗，直冒热气，
马脸上滴下起泡的血水。
一整夜，家神骑着它奔跑，
驰过高山、森林和沼泽，
从半夜直跑到天色大亮，
月亮下山…………

啊，你这糊涂的老马倌，
你可猜中其中的秘密?
小马倌爱上了美丽的少女，
小马倌是个逍遥的小伙子——
他半夜里打开马厩的门，
悄悄给乌骓马配上马鞍，
轻轻地把它牵出大门外，
骑上这匹健壮的快马，
到美丽的少女那儿去做客。

* * *[①]

受帝王们赏识的诗人有福了，
他在金光灿灿的显贵们中间。
他擅长于哭哭笑笑的艺术，
并用苦痛的真理去点缀谎言，
他让麻木的口味得到欢乐，
他让贵族的狂妄猎取美名，
他以诗歌装饰他们的华筵，
并聆听他们聪明的赞美声。
而这时在沉重的宫门外面，
民众却聚集在偏僻的后门旁，
拥挤着，被奴仆粗暴地驱赶，
远远地聆听诗人的歌唱。

① 这首诗未完成。

* * *[1]

在猎人喜爱的卡里亚树林里有个山洞，
挺拔的松树往四周伸出纷披的树枝，
悬崖和裂罅的情人，野外攀援的常春藤
用它浓密的绿荫遮蔽着山洞的入口，
一条欢乐的小溪像一道弯弯的圆弧
在岩石间淙淙地奔流，淹没了山洞的底部，
它冲开深深的河床，在浓密的树林蜿蜒
流向远方，用甜蜜的歌唱让树林欢畅。

---

① 这是一篇未完成的诗稿片断，它很接近奥维德的《变形记》关于山洞的描写，但把故事的地点改为卡里亚，这个地方与狄安娜的情人恩底弥翁的神话有关。

一八二七年十月十九日[1]

愿上帝保佑你们，我的朋友们，
在生活的操劳和公务的繁忙中，
在充满友情的欢乐宴会上，
在甜蜜爱情的神秘梦境！

愿上帝保佑你们，我的朋友们，
当你遇到风暴或人生的不幸，
在异乡和在广漠的海洋上，
或在阴暗的大地深层！[2]

---

① 参见《十月十九日》注①。
② 这一行诗是专门为受惩处的十二月党人同学而写的，当时有的人在西伯利亚矿井里做苦工（普欣），有的人被关押在迪纳堡要塞里（丘赫尔别凯）。

护身符[①]

在那海洋日夜拍击着
荒凉空旷峭壁的地方，
在那里，月光更加温馨
照耀着傍晚甜蜜的时光，
在那里，穆斯林欢度着岁月，
在一群妻妾中寻欢作乐，
就在那地方，一个迷人的女人
抚爱着，把一道护身符交给我。

她抚爱着我，开口对我说：
“请把这护身符好好保存：
它含有一种神秘的力量！
这是爱情给予你的馈赠。
要祛除疾病，要避开死亡，
或处在狂风暴雨的袭击中，

① 这首诗是普希金 1827 年在彼得堡重逢沃隆佐娃后写作的。

亲爱的朋友，我这道护身符
都不能拯救你的性命。

“它既不能够给你带来
种种东方的金银宝贝，
也不能征服先知的门徒，
让他们对你表示敬畏；
我这道护身符也不能帮你
离开凄凉的他乡异域，
从南方回到北方的故园，
让你投入朋友的怀抱里……

“可一旦有一双狡黠的眼睛
突然使你感到心迷神醉，
或者有一双嘴唇在黑夜中
吻了你，可她对你并无情意——
亲爱的朋友，我这道护身符
便会保护你避免犯罪，
避免新的心灵的创伤，
避免遗弃和背信弃义。”

题巴维尔·维亚泽姆斯基[①]纪念册

巴维尔，我的小宝贝，
照我的规矩去办事，
你要爱那个，那个，
可别做那个，那个，
这好像已经很明白，
再见，我的漂亮小孩。

① 彼·安·维亚泽姆斯基的儿子，时年 7 岁。

* * *[1]

春天哪，春天，恋爱的季节，
你的来临使我多么苦痛，
在我的血液里，我的心中，
有多少懒懒的激情在集结……
欢乐和我的心格格不入……
凡是欢跃和刺眼的一切，
只给我带来困倦和愁苦。

还是给我狂暴的风雪吧，
还有那冬天漫漫的长夜。

---

① 这是一篇草稿，后经改写成为《叶甫盖尼·奥涅金》第 7 章第 2 节。

* * *[1]

啊，是你让深厚的感情
同如此纯正的趣味、准确的思维、
经典的风格结合在一起，
啊，是你避免了
那装模作样的多愁善感的矫情，
而在极具戏谑的情诗中
善于…………

① 这是一篇未完成的诗稿，一般认为是写给维亚泽姆斯基的，但更有可能是写巴拉丁斯基。

* * *

我知道那个地方，在那里
海浪孤寂地拍打着海岸；
那里难得有雪花飘洒，
晴朗的天空阳光灿烂，
照射着被烤得焦黄的草地；
看不见树林，只有一片
光秃的草原伸展在海边。

*　*　*

鸨母忧愁地坐在桌旁，
　把纸牌一张张摆弄，
小姐们围在桌旁观看，
　鸨母在为她们算命：
“三张九点，红桃爱司，
　还有一张方块老开——
话多了要吵架，大家都烦恼，
　还要把新的衣服买……

“纸牌上表明，今天应该
　等待客人光临。”
突然有人把门敲响；
　鸨母和她的小姐们
一起站起来，挪开桌子，
　大家推开了……
咬咬耳朵：“卡佳，谁来了？
　往门缝里看看也好。”

什么？一个好人儿……
　鸨母早就认识他，
他和…………一辈子，
　在他们家，就像在自己的家。
小姐们一个个跳了起来，
　奔向自家的厨房，
一起团团围住洗碗盆，
　用香水把身上喷香。

这时候那鸨母献尽殷勤，
　对客人表示欢迎，
请客人整个儿好好躺下。
　客人则开口向她问讯：
“怎么样，你家的生意可好？
　小姐有多少，够不够？”
鸨母双手掩住面孔，
　叹口气，心里好难受：

“我的生意虽然常常不好，
　但是这样糟的局面
就是在梦中也不曾遇到，
　真想逃到海外去避难。
信不信由你，从彼得节[①]起，
　一直到这个礼拜六，

① 东正教节日，纪念圣彼得和圣保罗，在俄历6月29日，公历7月21日。

我这里所有的姑娘
　都没活干，闲得难受。

“有一天，我看到上帝给我
　送来了四个嘉宾，
我把姑娘们领到他们面前，
　每个人都选了个心上人。
他们玩了个通宵达旦，
　完事以后你说怎么样？
一个子儿不付，一走了事，
　我的上帝，苍天在上！”

客人对她说：“真的，我很同情你。
　你好啊，朋友阿涅塔，
多漂亮的帽子！多漂亮的披巾！
　走过来一点，扎涅塔。
啊，路易莎，来亲个嘴，
　要挑选，这会让你生气；
面对所有的姑娘……
　在我的心目中只有你。”

“怎么样，”鸨母说道，
　“你是不是选中扎涅塔？
她正盼着做一笔生意，
　要不然你就要了这娇娃？”
客人回答这可怜的鸨母：

　“不，请你不要费心，
我并没有什么兴趣，
　你们别担心，姑娘们。”

他走了，一切又恢复了平静，
　鸨母好不伤心，
姑娘们都在周围打盹，
　蜡烛……
鸨母又拿起她的纸牌，
　重新默默地算命，
可还是没有一个客人来，
　鸨母只好昏昏然入梦。

驳贝朗瑞先生[①]

你还记得吗，啊，尊敬的公爷，
法国麦歇……大尉，
正如我们老百姓所牢记的，
俄国人对于异教徒的胜利？
这对于我们，虽算不了什么，
可我们并不是等闲之辈，
很久以前我们就严惩过你们，
你还记得吗，请问你如何应对？

你还记得吗？苏沃洛夫如何
越过群山突然将你军横扫？
我们的老头子怎样让你们这些屠夫
心惊胆战，掐死你们像掐死跳蚤？
这对于我们，虽算不了什么，

① 这首诗是为反驳拿破仑的军歌而作，普希金以为军歌的作者是法国诗人贝朗瑞，其实作者是法国诗人德布罗。

可我们也不是等闲之辈，
很久以前我们就严惩过你们，
你还记得吗，请问你如何应对？

你还记得吗，你们那流氓波拿巴
怎样把全欧洲赶来进攻我们？
那时我们看到了许多法国佬……
还有你的……大尉先生！
这对于我们，虽算不了什么，
可我们也不是等闲之辈，
很久以前我们就严惩过你们，
你还记得吗，请问你如何应对？

你还记得吗，你们的皇帝中了煤气毒，
突然呆若木鸡，像个输光的赌徒，
你们在莫斯科的大火之中
怎样烘烤我们莫斯科的老鼠？
这对于我们，虽算不了什么，
可我们也不是等闲之辈，
很久以前我们就严惩过你们，
你还记得吗，请问你如何应对？

你还记得吗，虚伪的歌手，
我们祖国刺骨寒风里的雪暴，
炮兵连发出的猛烈炮击，
士兵的刺刀和哥萨克的绳套？

这对于我们，虽算不了什么，
可我们也不是等闲之辈，
很久以前我们就严惩过你们，
你还记得吗，请问你如何应对？

你还记得吗，我们驻扎在巴黎时，
我们的哥萨克或团里的神父
怎样坐到美酒旁把你们愚弄，
还百般夸奖你们的媳妇？
这对于我们，虽算不了什么，
可我们也不是等闲之辈，
很久以前我们就严惩过你们，
你还记得吗，请问你如何应对？

*　*　*

珍爱忠诚的象征，

她敬重自己的夫君

…………

一八二八

致友人[1]

不，我不是喜欢谄媚的小人，
虽然我自愿赞扬了沙皇：
我大胆表达了自己的感情，
我只是说出内心的想望。

我是真心实意地喜欢他。
他统治我们专心而正直，
他用战争、希冀和操劳
使俄罗斯突然勃发生机。

啊，不！虽然他血气方刚，
他那帝王的心却不残忍；

---

① 1826 年普希金发表《斯坦司（“我毫无畏惧地正视着前方”）》，遭到敌对阵营甚至朋友的责备，他们指责他向沙皇献媚。普希金写这首诗即是对他们的回答。普希金把这首诗送给尼古拉一世审查，尼古拉一世表示赞赏，却不许他发表。因为最后三节诗表达了普希金的政治观点，即限制专制制度的权力，捍卫人民的权利和文明成果，要求给人民以自由发表意见的权利。

对于被他公开惩治的人犯，
暗地里却对他表示怜悯。

我的生命在流放中虚掷，
我痛苦地忍受同亲友的分离，
但是他向我伸出帝王之手，
于是我又能和你们相聚。

他尊重我心中汹涌的灵感，
是他让我的思想自由翱翔。
我的心被他深深地感动，
难道我不该歌唱，把他颂扬？

我是献媚的小人！不，弟兄们：
献媚的人都很奸险，他只能
给沙皇带来灾难，他的目的
是限制帝王施行的仁政。

他会说：对人民只予以蔑视，
要压制天生仁慈的声音。
他会说：文明的果实不过是
淫乱和某种反叛的精神！

那是国家的灾难：如果只有
奴才和献媚的人围着皇上转，
而被上天选中的诗人
却垂下眼睛，默默站在一边。

致《讥赌徒》作者维利科波利斯基函[1]

我们的道德家，你是不是
放下弹唱哀歌的诗琴，
而去写一本正经的讽刺诗？
我赞扬诗人，这有益于世人！
树条的呼啸对他有利。
我很可怜你的阿里斯特[2]：
他的祈祷是多么虔诚，
可他的赌运是多么险恶！
年轻人就是这样：一冲动，
全输光，人就这样灭亡！
你的达蒙[3]是个可怕的人，
请忘掉他那危险的厅堂，

① 维利科波利斯基发表过一首讽刺诗《致阿里斯特》，其中描写赌徒阿里斯特一夜之间输光了所有的财产，最后发了疯。但维利科波利斯基自己也嗜赌如命，曾输给普希金一大笔钱款。普希金这首书简诗是对维利科波利斯基一首诗的回答。
② 维利科波利斯基讽刺诗中的人物。
③ 维利科波利斯基讽刺诗中的人物。

不过，我的朋友，应该承认，
在那里你的举止很得体：
在那里你没有把谁干扰，
只对阿里斯特温柔地安慰，
向他提出些有益的忠告，
自己一个卢布也没有吃亏。
我喜欢：请看，这就是诗人！
不过，在教导疯狂的世人时，
劝世者有时也会犯错。
佩尔西乌斯[①]的继承人，请听我的故事：
我有一位芳邻某某人，
他受到高尚渴望的煎熬，
干了一杯卡斯达里泉水，
有一次，便像你一样，操刀
写诗辛辣地讽刺赌徒，
并且向友人热情发表。
作为回答，他那个朋友
拿出牌来，默默地洗洗牌，
让赌家错牌，这劝世作家，
唉，便通宵赌了起来。
你可认识这恶作剧的人？
遇到他，我就像过节一样，
我准备和他通宵达旦

① 佩尔西乌斯（34—62），古罗马讽刺诗人。

直坐到中午天光大亮，
拜读他那些道德书简，
同时记下他输掉的钱款。

*　*　*[①]

自从条顿骑士团血洗
异教徒，已经过去了一百年；
他们统治了这北方的国家。
普鲁士人戴上了沉重的锁链，
也有人销声匿迹，还把
流亡的首领送到立陶宛。

涅曼河在敌对的两岸之间
缓缓地流淌：在一边岸上，
历史悠久的城墙上边，
塔楼在闪光，百年林莽
在它的四周哗哗地喧闹，
精灵们的圣地在这里隐藏。
在另一边岸上，日耳曼人的象征，
标志着宗教信仰的十字架

① 此诗译自密茨凯维奇的长诗《康拉德·华伦洛德》（片断）。

向天空敞开威严的怀抱，
仿佛是想从高空称霸，
占领整个巴列蒙[①]地区，
试图把另一种信仰的民族
抓过来踩在自己的脚下。

　双肩披上厚厚的熊皮，
头上戴的猞猁帽毛茸茸，
成群的立陶宛年轻小伙子
随身带着利箭和硬弓，
在河岸的一边来回巡行，
警惕地注视着对面的敌人。
在另一边河岸，德国人在岗哨上
头戴尖顶帽，身披铁甲，
骑在马上，睁大着双眼，
纹丝不动地监视着敌人，
边祈祷边给火绳枪装子弹。

　双方都严密把守着渡口，
原来好客的涅曼河清流
成了双方敌对的见证，
成了他们永久的鸿沟；
友好往来的声音静息了，
谁要是想渡过这河流，

① 即立陶宛。

他将丧失生命或自由。
只有立陶宛岸上的啤酒花
受到德国杨树的引诱，
穿过一丛丛密集的芦苇，
无所畏惧地往对岸漂游。
它漂流到达对面的河岸，
温柔地拥抱它的朋友。
只有密林和高山的夜莺，
依古风不知道互相敌对，
飞到早已共有的岛屿，
彼此做客，与朋友聚会。

* * *

你可知道那地方……

威廉·麦斯特[1]

去采酸果，去采酸果，

去采浆果，去采酸果……

谁知道那地方？那里的天空
闪耀着神秘的蔚蓝色光芒，
大海围绕着古城的废墟
轻轻拍击着温暖的波浪；
那里常青的月桂和柏树
自由自在而骄傲地生长；
庄严的托夸多[2]曾在那里歌唱；
亚得里亚海的滚滚波涛
如今依然在幽暗的夜色中

① 摘自歌德《威廉·麦斯特》中的《迷娘曲》。原文为德语。
② 意大利诗人塔索的名字。

反复吟唱他的八行诗章；

拉斐尔曾经在那里作画；

当代的雕刻家卡诺瓦[①]在那里

赋予大理石以如生的形象，

而拜伦，这位严峻的殉难者

曾在那里咒骂、恋爱和忧伤。

…………

…………

迷人的国度，迷人的国度，

你是充满崇高灵感的地方，

你这先知居住的处所，

柳德米拉[②]正注视你这古老的天堂。

在色彩斑斓的大海的岸上，

欢度嘉年的美好时光，

人民在她周围纵情欢腾，

欢迎她是如此热烈欢畅。

柳德米拉以她北方美女的

姿容——慵倦而又动人，

迷醉了奥索尼亚[③]的子孙，

---

① 卡诺瓦（1757—1822），意大利雕刻家。

② 暗指玛丽亚·亚历山德罗夫娜·穆欣娜-普希金娜（1801—1853）。根据安年科夫的考证，玛丽亚从意大利旅行回来，在一次集会上突然想要吃酸果，普希金想描写她的心血来潮，便以“谁知道那地方”开始描写意大利，结果却不知为什么没有写到“酸果”，只留下与此有关的题词。此外，根据此诗末尾“请给我们描绘另一个马利亚”可以推定柳德米拉即指玛丽亚（马利亚和玛丽亚在外文系同一个名字）。

③ 意大利的别称。

在她身后不由自主地
跟随着五彩波浪般的人群。

柳德米拉是那么兴高采烈，
她把那晶莹明亮的目光
投向闪光的天空、清澈的水面，
投向南方大自然的天堂，
投向默默无言的艺术奇迹，
她心中只感到惊奇、欢畅，
在她的面前她没有发现
有什么比自己更美丽辉煌。
她带着庄重的目光站在
佛罗伦萨的塞浦律斯[①]面前，
她们俩……那大理石雕像
便仿佛因委屈而痛苦难言。
她心中满怀崇高的梦想，
默默无言地凝神仰望
福尔纳里纳[②]或年轻圣母
那充满柔情的美好形象，
她那沉思文静的姿容
却比画像更令人陶醉神往……

请告诉我：有哪一位歌手，

---

① 希腊神话中美的女神，阿佛洛狄忒的另一名称，因诞生于塞浦路斯而得此名。
② 拉斐尔的情人。

燃烧着热烈激动的情感，
有谁的画笔，谁的火热刻刀
能给惊奇不置的后人
留下她那天仙般的容颜？
善于表现女神永恒的美，
无名的雕刻家啊，你在哪里？
还有你，美惠女神加冕的
画家，充满灵感的拉斐尔？
请忘记那位希伯来少女，
忘记圣婴睡过的摇篮，
去领略那种非人间的美，
去领略天堂独有的甘甜，
请给我们描绘另一个马利亚，
手里抱的是另一个娃娃。
…………

致弗·谢·费利蒙诺夫[1]

（为收到寄赠的长诗《愚人帽》而作）

缪斯，那些可爱的老婆婆，
及时给您扎了尖顶帽，
福玻斯给它系上铃铛，
亲自在您头上把它戴好。
今天我也想以同样的打扮
在您的面前炫耀一番，
也像您一样在坦诚的交谈中
表表对许多事情的观点；
但我的旧帽子已经破损，
虽然诗人对它还很喜爱，

---

① 弗·谢·费利蒙诺夫（1787—1858）于1828年发表了诙谐长诗《愚人帽》中的两章，把它寄给普希金，并附以下献词：

致亚·谢·普希金

您在世界上享有盛名，
诗人！您头上戴着桂冠。
请宽恕一个无名的歌手，
我戴着尖顶帽来到您面前。

1828年3月22日圣彼得堡。

红色尖顶帽原为丑角所戴，法国革命时期雅各宾党人都戴这种帽子，作为解放了的奴隶的象征。

我不得不把它扔在一旁：
如今红色已经吃不开。
在谨慎的红色尖顶帽下面，
我认出了一位哲学家诗人，
为了表示友好的问候，
我便脱帽向他弹额致敬。

TO DAWE, ESQr[①]

为什么你那奇妙的铅笔
要描绘我这黑人的侧影？
哪怕你能让它流传百世，
魔鬼也会对它嘘个不停。

描绘奥列宁娜[②]的容貌吧。
如果心中有灵感在燃烧，
天才应该为之拜倒的
就只有青春和美貌。

---

① 英文：致道君。乔治·道（1781—1829），英国画家。1828年5月，他前往英国时在驶往喀琅施塔得的轮船上遇到普希金，曾为普希金画像。

② 安娜·阿列克谢耶夫娜·奥列宁娜（1808—1888），艺术学院院长阿·尼·奥列宁（1763—1843）的女儿。

回 忆

当喧闹的白日为世人沉寂下去，
　　在城市万籁俱寂的广场上
降下一片苍茫的幽暗暮色
　　和幻梦——白天劳动的奖赏，
这时那使人痛苦万分的失眠时刻
　　却在静谧中久驻我的头上：
在空闲的夜里，内心谴责的毒蛇
　　在我胸中更猛烈地把我咬伤；
我浮想联翩；在我愁思郁结的胸中
　　各种痛苦的思绪一起涌来；
往事的回忆像一幅长长的画卷
　　在我面前默默地展开；
我痛心疾首地回顾我的一生，
　　不由得战栗并诅咒自己，
我沉痛地怨诉，悲伤落泪，但泪水
　　并不能洗掉悲哀的诗句。

你和您[1]

她无意中失言，把宽泛的您
说成了亲热而随便的你，
于是在我痴情的心中
唤起了种种甜蜜的情思。
我若有所思地站在她面前，
目不转睛地把她凝视；
我对她说："您多么可爱！"
心里却在说："我多么爱你！"

① 1828 年普希金曾爱上安·阿·奥列宁娜，并向她求过婚，但后来主动悔婚。奥列宁娜在日记中谈到这首诗时曾说："安娜·阿列克谢耶夫娜·奥列宁娜失言，称普希金为你，在下一个礼拜天，他即送来此诗。"

* * *

1828年5月26日[①]

枉然的赋予，偶然的赋予，
生命为何降临我这血肉之身?
或者说，为何神秘的命运
注定了要把你处以极刑?

是谁凭借敌对的权力
把我从虚无缥缈中召来，
使我的心灵充满热情，
又用疑虑激动我心怀? ……

我看不到人生的目的：
心灵空虚，我无所用心，
还有那生活中单调的喧嚣，
总是拿苦闷叫我饱尝艰辛。

① 这一天是普希金的生日（俄历）。

致伊·瓦·斯廖宁[1]

我不喜欢时髦的纪念册：
它们那杂凑的华丽文辞
不过是谄谀我们那些
高贵的阿斯帕西娅[2]的骄恣。
可是那外省美人儿的纪念册，
普普通通，都自己制作，
它五花八门，毫无矫饰，
啰唆而亲切，却可爱得多。
不过，无论是这种或那种，
我都不愿意插足其间，
但你的纪念册又作别论，
我乐意写几句留作纪念。
你为阿波罗的门生打开它，
并不是因为虚荣心作怪，

① 伊·瓦·斯廖宁（1789—1835），彼得堡的书商和出版家。
② 此处指贵族妇女。

你喜爱赫利孔山的女皇，
而她们也没有把你忘怀。
我作为一个真正的诗人，
走进这友好可爱的庭院，
我向主人表示了敬意，
并写下求先灵保佑的诗篇。

* * *[①]

料峭的寒风还在呼呼地吹，
清晨的寒风在不断地袭来。
在春天融雪的地方刚刚
开出几朵早春的小花，
好像从那芬芳的储蜜蜂房，
从那奇妙的蜡质王国里
倏地飞出了第一只蜜蜂，
它来到早开的花丛上面，
打听明媚春天的消息，
这尊贵的客人是否即将光临，
草原是否就要变得葱茏，
那树枝纷披的白桦树啊，
是否就要长满黏性的嫩叶，
馨香的稠李是否就要开放。

---

① 这首诗是未完成的草稿，无韵。

* * *[1]

小小的牝马，你是
高加索纯种的骄傲，
快马啊，你为何奔忙？
上笼头的时候将来到；
别惊慌地斜眼看人，
别扬起你的蹄子，
别在广阔的平原上
任意飞快地奔驰。
等着瞧吧，我要叫你
在我的胯下驯服：
要叫你戴上笼头，
在一定的圈子里跑步。

① 此诗系古希腊诗人阿那克里翁颂诗《致色雷斯牝马》的仿作。

她的眼睛[①]

（答维亚泽姆斯基公爵诗）

她很可爱——我们私下里说说，——
能引起宫廷骑士们的恐慌，
她那切尔克斯人的眼睛
比得上南方夜空的星星，
更加比得上南方的诗章。
她敢于大胆地流转顾盼，
它们燃烧得比火焰更欢快；
但你得承认，我的奥列宁娜，
她的明眸才更加多彩！
那里蕴藏着多么深沉的灵性，
有多少童稚的天真烂漫，
有多少女性的慵懒神情，
又有多少柔情和梦幻！……
她垂下眸子，带着列丽[②]的微笑，

① 这首诗为对维亚泽姆斯基《黑眼睛》一诗的回答，维亚泽姆斯基在诗中歌颂宫廷女官罗赛特的眼睛。
② 古代斯拉夫民族婚姻与爱情之神。

流露着美惠女神的得意；
她抬起眸子——拉斐尔的天使[①]
正是这样仰望着上帝。

① 指拉斐尔名画《西斯廷的圣母》中的天使。

* * *[1]

美人儿，你不要在我面前
把格鲁吉亚悲凉的曲子歌唱：
这些歌曲会让我想起
另一种生活和远方的海岸。

啊，你那些残酷的歌曲
会让我重新想起草原，
想起黑夜和那月光下
远方可怜少女的容颜……

看见你，我立即就会忘记
那个命运赋予的可爱形象[2]；
但你一歌唱，那影子立即
就会在我面前重新浮现。

---

① 据作曲家格林卡说，普希金偶然听到奥列宁娜唱这个曲子，后来便为这个曲子写了歌词。
② 指跟随丈夫流放到西伯利亚的拉耶夫斯卡娅（沃尔康斯卡娅）。

美人儿，你不要在我面前
把格鲁吉亚悲凉的曲子歌唱：
这些歌曲会让我想起
另一种生活和远方的海岸。

致雅泽科夫

我早就想去将你拜访，
去到你所歌唱的德国城[①]，
像诗人们一样与你畅饮
美酒，那美酒是你所歌唱。
你所歌唱的基谢廖夫
已经向我发出了邀请，
而我也怀着满心的高兴，
下定决心彻底地离开
这涅瓦河畔对我的幽禁。
可有什么办法？一纸债据[②]
紧紧揪住了我的衣襟，
虽然不情愿，我还得被禁锢
在这涅瓦河，难以脱身。
啊，青春啊，豪放的青春！

① 指杰尔普特，即今塔尔图。
② 1828 年夏天，普希金因赌博欠下上万卢布债务。

我怎能不为你感到惋惜?
我常常落入负债的境地,
不得不躲避债主的纠缠,
随时得准备远走高飞。
如今我还得强压厌烦
去拜访那些懒洋洋的债主,
但我已变得老练,我诅咒
金钱和岁月带来的重负。

再见,诗人,你玩吧,畅饮吧,
和塞浦律斯、福玻斯一起欢庆,
别理会贵族老爷们的傲慢,
别理会那些债主的殷勤,
根据俄罗斯贵族的权利,
你不用把这些债务还清。

肖　像[①]

她有一颗燃烧的心灵，
她有一股狂暴的热情，
啊，北国的淑女们，她有时
傲然出现在你们当中；
她不顾社交界的一切规矩，
横冲直撞如入无人之境，
像一颗没有规律的彗星，
撞入秩序井然的星空。

① 这首诗描写当时芬兰总督、内务大臣阿·安·扎克列夫斯基的夫人阿·费·扎克列夫斯卡娅（1799—1879），她行为古怪，热情奔放。

知　心[①]

我竭力捕捉你的每一个呼声，
那里有你的自白和柔情的抱怨：
你的话语多么令人陶醉，
那里有近乎疯狂和骚动的情感！
然而还是停下你的叙述吧，
藏起、藏起你的幻梦：
我怕受到它们火热的感染，
我怕知道你所知道的事情！

① 一般认为指阿·费·扎克列夫斯卡娅。

* * *[1]

这样的人有福了，他被你那
忧郁的梦想自由地选中，
在他面前你显然为爱情而倾倒，
他的目光已赢得你的痴情；
但这样的人很可怜，他默默地
倾听着你细细说明原委，
心里虽然狂燃着爱情的火焰
却只能怀着妒意把头低垂。

① 这首诗可能是《肖像》的续篇。

预　感[1]

一片片阴沉的乌云又悄悄地
飞卷聚拢在我的头上；
忌妒的命运又来威胁我，
要给我送来新的祸殃……
我对命运能否保持轻蔑？
我能否拿出骄傲的青年时代
那种倔强和坚忍的精神，
面对着厄运严阵以待？

我在动荡的生活中耗尽力量，
如今正沉着地等待风暴：
也许我还会转危为安，
又终于找到避难的码头……
但是我预感到分离在即，

① 诗人所写的《安德烈·谢尼埃》一诗以手抄本形式广为流传（一说是因《加百列之歌》的流传），引起沙皇当局的重视，并对诗人进行传讯，因而普希金预感到将再次受到迫害。这首诗是写给安娜·奥列宁娜的。

难以逃过那可怕的时刻，
于是我急忙最后一次，
我的天使，将你的手紧握。

我的柔情温顺的天使，
你要轻轻地对我说再见。
你悲伤吧，在我面前抬起
或垂下你那温柔的秀眼；
对于你的思念和回忆
将在我的心坎里代替
那青年时代赋予我的
力量、尊严、希望和勇气。

溺死鬼

（民间故事）

一群孩子向小屋跑去，
慌慌张张地喊着父亲：
“爹爹！爹爹！我们的渔网
打上来的是一个死人。”
“胡说，胡说，这些小鬼头，”
父亲生了气，斥骂着他们，
“唉，瞧我这些个孩子，
你们等着吧，会来个死人！

“法官会上门，你得去回话；
他老是来找我的麻烦；
又有什么办法呢；老婆子，
给我卡夫坦[①]：让我去看看……
死人在哪儿？”“爹爹，那就是！”
一点不假，就在大河边，

① 俄罗斯农民穿的长衣。

《溺死鬼》 C. C. 索洛姆科 绘 1895 年

摊开一张湿漉漉的网，
一个死人就瘫在沙滩。

那尸体真是丑陋可怕，
浑身都已经浮肿发青，
他也许是个不幸的可怜人，
毁灭了自己有罪的生命，
也许是浪涛卷走的渔夫，
也许是喝醉了酒的壮汉，
也许是事前不曾预料
遭到强盗抢劫的商贩。

这跟庄稼汉有何关系？
他四下里看看，动手就干：
他紧紧抓住溺死者的双腿，
把尸体拖往大河那边，
然后他操起一把船桨，
把死人推下陡峭的河岸，
那死人又向下游漂去，
去寻找他的十字架和坟山。

那死人在波浪中久久地翻腾，
就像个活人在河里游泳；
我们的庄稼汉看着他漂远，
这时候才动身回返家中。
“小崽子！你们都跟我回去！

我要叫你们吃吃苦头，
都给我听仔细，别乱嚼舌头，
要不然，你们都得挨揍。”

夜里突然刮起狂风暴雨，
滔滔的大河波浪翻滚。
庄稼汉烟雾腾腾的小屋里，
点着的松明已经燃尽，
孩子们在睡觉，老婆子在打盹，
庄稼汉躺在高板床上，
风暴在咆哮，他突然听见：
有人在外面敲着他的窗。

“是谁呀？”“喂，开开门，主人！”
“哼，你倒是出了什么事？
你这该隐[①]，半夜里的游魂？
是魔鬼把你送到这里；
你让我把你安置在哪儿？
屋子这么小，又挤又暗。”
接着他懒洋洋地伸出手，
慢慢腾腾地支起了窗板。
月亮从阴沉的乌云里露出脸——
怎么回事？是个赤身露体的人：

① 骂人的话。《圣经》传说：该隐系亚当和夏娃的长子，亚伯的哥哥，因忌妒亚伯，把他杀死。

《溺死鬼》（木刻版画） H. H. 卡拉津 绘　M. 拉谢夫斯基 刻　1882 年

从胡子上淌下一股水流，
圆睁的双眼呆滞无神，
那样子真叫人吓得发呆，
手臂直直地在身旁垂挂，
在那浑身肿胀的身体上
还爬着几只鲜活的青虾。

庄稼汉连忙放下窗板：
他认出这赤身露体的客人。
他惊呆了："这该死的东西！"
他浑身颤抖，嘀咕了一声。
他心里发慌，六神无主，
通宵达旦，不停地战栗，
直到早晨，在大门旁边，
总有人笃笃地敲着窗子。

民间传播着一种流言：
纷纷传说从这个时候起，
每年的这一天倒霉的庄稼汉
都要等着那个溺死鬼；
天气从早晨起变得险恶，
夜里就刮起狂风暴雨，
那个溺死鬼在大门旁边
一直笃笃笃地敲着窗子。

* * *

诗韵啊，灵感的闲暇
和灵感的劳作所珍爱的
音调铿锵的女友，
你一声不响，沉默了；
啊，难道你已飞去，
永远背叛，背叛了我！

往日里你甜蜜的絮语
平息了我内心的战栗，
抚慰了我心头的悲哀，
你召唤，你和我亲昵，
你把我从现实生活中
带到遥远的福地。

你常常倾听我的声音，
紧紧追随我的梦幻，
像一个听话的孩子；

可如今，你游手好闲，
忌妒、任性而懒惰，
和我的梦幻嬉笑争辩。

我从未和你分离，
多少次我低首下心，
听从你古怪的念头；
我像个忠厚的恋人，
你爱我又把我折磨，
我对你则百依百顺。

啊，当奥林匹斯山
诸神在天上聚集，
假如你也能来到，
你可以和他们在一起，
那时你的家谱就能够
发出天神般的光辉。

赫西奥德[①]或荷马
拿起天国的诗琴，
曾经向世人叙述：
在蓊郁的泰吉特附近，
福玻斯曾为阿德墨托斯

① 赫西奥德（创作时期公元前 8 世纪），希腊最早的史诗诗人之一。

放羊[①]，孤独而郁闷。

他徘徊在幽暗的树林，
天上的众多神灵
因慑于宙斯的淫威，
没有谁敢于去访问
这主宰诗琴和芦笛的
光明与诗歌的神圣。

只有摩涅莫绪涅
犹记当初的幽会，
飞来抚慰他的悲痛
于是阿波罗的伴侣
在赫利孔幽暗的树林
生下了欢悦的果实。[②]

---

① 希腊神话：福玻斯（阿波罗）因杀死为宙斯制造武器的铁匠库克罗普斯，被罚作弗赖国王阿德墨托斯的牧人。

② 欢悦的果实指诗韵。此节说明诗韵的产生，它是记忆女神摩涅莫绪涅和阿波罗结合的产儿。

* * *[①]

乌鸦向着乌鸦飞去，
乌鸦对着乌鸦喊叫：
“乌鸦，我们到哪儿吃午饭？
这件事我们从哪儿知道？”

乌鸦对着乌鸦回答：
“我知道将在哪儿吃午饭；
在旷野上的一棵柳树下，
躺着一个被杀害的壮汉。

“是谁杀害的，是为了什么，
只有天上的鹰隼才知道，
还有他那匹乌骓母马
和他那年轻的娇妻也知晓。”

① 此诗译自瓦·司各特《苏格兰民歌集》法译本，但只有前两节是翻译的。

鹰隼已经飞往树林，
仇人骑上乌骓马跑了，
那年轻的娇妻等着心上人，
不是那死的，而是个活的。

*　*　*

繁华的城市[1]，可怜的城市，
内心不自由，外表很整齐，
天穹呈现灰绿的颜色，
无聊，寒冷，到处是大理石——
但我还是有点依依不舍，
因为在这里有些时候
有一绺绺金色的鬈发在飘动，
有一双小脚儿在街上行走。[2]

① 指彼得堡，此时普希金正准备离开彼得堡去米海洛夫村。
② 最后两行指奥列宁娜。

一八二八年十月十九日[①]

我真诚地向上帝做了祈祷，
又向皇村学校欢呼贺喜，
再见吧，弟兄们：我该登程了，
而你们也该上床休息。

① 此诗写于 1828 年皇村学校开学日，当夜普希金即离开彼得堡前往马林尼基村（沃尔夫在特维尔省斯塔里察县的庄园）。

* * *[①]

喷泉飞溅，射向周围的石墙，
散发着沁人心脾的凉爽，
诗人以珠玑般的铿锵诗句
常常在这里欢娱着汗王。

他用灵活巧妙的五指，
拿悠闲的寻欢作乐的丝线，
串起金子般智慧的念珠
和晶莹剔透的阿谀的项链。
萨迪[②]的子孙热爱克里米亚，
有时会有一个东方的文体家
在这里展开他的稿本，
使巴赫奇萨拉伊感到惊讶。

---

① 这首诗是献给波兰伟大诗人密茨凯维奇的。密茨凯维奇于 1826 年发表《克里米亚十四行诗组》，随即由维亚泽姆斯基译成俄语，在俄国引人注目。

② 萨迪（约 1213—1292），波斯作家，作品有《蔷薇园》等。

他叙说的故事铺展开来，
就像埃里万[①]编织的地毯，
它们是如此灿烂辉煌，
装点着汗王吉利的华筵。

可是没有一个可爱的魔术师。——
拥有天赋智慧的奇人，
能以这样的力量，巧妙地
构思出这样的故事和诗文，

就像那个奇异的国度里
富有灵感而明达的诗人[②]，——
这国家的男人威严而多毛，
妇女则个个像东方美人。

① 克里米亚的城市，以出产地毯著称。
② 即指密茨凯维奇。

《箭毒木》（木刻版画） M. И. 比科夫 绘刻 1948 年

箭毒木[1]

在那瘠薄不毛的荒漠上，
土地被暑热烤得发烫，
箭毒木像个威严的哨兵，
独自站在空漠的世界上。

这里的大自然，那干旱的荒原，
在愤怒的时刻长出这毒树，
并在它致人死命的绿枝
和根须里面灌满了剧毒。

毒素从树皮上一滴滴渗出，
中午的暑热把它化为液汁，
到晚上它便完全凝固，
成了浓稠的透明树脂。

---

① 一种毒树，见血封喉属，生长在马来群岛等地。它的液汁多用来作箭毒。

鸟儿从不飞来树上栖息，
野兽也不靠近，只有黑旋风
袭击着这招致死亡的毒树，
而吹走时已经带上毒性。

如果有乌云从这里飘过，
滋润了它那茂密的叶子，
从它的枝叶上便会落下
毒雨，洒向炽热的沙地。

但有人却能用威严的目光
把另一个人派往箭毒木那里，
那受命的人乖乖地上了路，
于黎明前带回有毒的树脂。

他带回那致人死命的树脂，
还有叶子枯萎的树枝，
这时他那苍白的前额
冷汗淋漓，像一道道河水；

他带回了毒物已奄奄一息，
躺在窝棚下的树皮床上，
这可怜的奴隶终于死在
不可违抗的主人的脚旁。

而沙皇就用这些毒汁

涂在他那顺从的羽箭上，
他用这些毒箭把死神
送往附近的各个邻邦。

答卡捷宁[1]

热情如火的诗人，你枉然
将奇妙的酒杯为我高举，
要我干一杯为我的康健：
“我不喝酒，亲爱的邻居！”[2]
可爱然而狡黠的伙伴，
你的酒杯斟满的不是美酒，
而是令人陶醉的毒鸩，
它在引诱我过后跟着你
又去将声名苦苦追求。
老练的骠骑兵在招募新兵时
不正是这样，他为新兵送去
这巴克科斯的快乐礼物，

---

① 卡捷宁将诗体中篇小说《俄罗斯往事》和一封书简诗寄给普希金编的《北方之花》，在中篇小说中影射普希金的诗《斯坦司》（“我毫无畏惧地正视着前方”，1826）和《致友人》（“不，我不是喜欢谄媚的小人”，1828），并建议普希金使用中了魔法的酒杯。普希金以此诗作答，拒绝卡捷宁的建议。

② 引自杰尔查文的诗《沉醉和清醒的哲人》。

直到那杀性大发的狂醉
把他放倒在地上时为止。
我自己就是一个军人：
我该回家去享受清闲。
你且留在帕耳那索斯队伍里；
在工作之前把酒杯斟满，
独自在醉意蒙眬之中
摘取高乃依和塔索的桂冠。①

① 卡捷宁曾翻译这两个作家的作品。

答安·伊·戈托夫佐娃[①]

我怀着疑惑和急切的心情
观赏着你精心献出的芳菲，
有哪个严格的禁欲主义者
能漠视美惠女神和美女的致意？
我以这鲜花为骄傲，却也担心：
对你那欲言又止的指责，
我完全不敢妄加猜测。
你的愤怒难道是由我引发？
啊，对美人的轻率酷评者
会为自己招来多少苦难，
当他对自己效力过的异性
妄加阴险恶毒的指责！
他将受到应有的严厉惩罚，

---

① 此诗是对戈托夫佐娃一首书简诗的回答。戈托夫佐娃在《北方之花》上发表一首书简体诗，末尾对普希金以《女人》为题的几行诗表示不满。（参阅《叶甫盖尼·奥涅金》别稿第4章。）

让他因爱情而焦躁而疯狂，
但愿你成为永久的辟谣者，
去驳斥他那可悲的诽谤。

小　花

我发现书里有一朵小花，
它枯萎，失去芬芳，被遗忘，
于是我的心中不由得
充满了种种离奇的遐想：

它在哪儿开放？开在什么时候？
是哪一年的春天？它开了多久？
是陌生人还是朋友把它摘下？
夹进这本书是什么缘由？

是为了纪念情意绵绵的幽会？
还是纪念命中注定的别离？
也许是在独自散步的时候，
采自浓荫下面，或荒僻的野地？

是他，还在世？是她，还健在？

如今哪里是他们栖身的家？
也许他们都已经枯萎，
就像这朵不知来由的小花？

诗人与群俗①

走开吧，无知的人。②

诗人漫不经心地抚弄着
他那充满灵感的诗琴。
他歌唱着——在他周围聚集着
冷漠、傲慢而无知的人群，
他们并没有听懂他的琴声。

愚钝的群俗纷纷议论着：
“他干吗这么高声歌唱？
无缘无故吵得人心神不安，
究竟要把我们引向何方？
他在弹什么？有什么教导？
就像一个任性的魔法师，

---

① 这首诗是对沙皇和特务头子本肯多夫之流要利用普希金的笔为专制制度和反动政治服务的企图的答复。诗中的群俗不是指人民，而是指布尔加林这类御用文人和上流社会的一些庸夫俗子。
② 题词摘自古罗马诗人维吉尔的英雄史诗《埃涅阿斯纪》。原文为拉丁文。

干吗要激动、折磨我们的心？
他的歌像风一样随心所欲，
因而也像风一样没有用处，
它能给我们什么补益？”

诗　人

住口，愚顽无知的人们，
为衣食而奔忙操心的奴隶！
我受不了你们无礼的怨言，
你们是蛆虫，不是天之骄子；
你们只懂得利益，你们按斤两
论算阿波罗神像的价值。
你们看不出它有什么益处。
可这石像就是神！……是不是？
烧锅对你们也许更可贵：
可以用它来烧东西吃。

群　俗

不，如果你是出类拔萃的人，
上天的使者，你就该好好
用自己的才能为我们造福：
引导伙伴们走上正道。
我们小气，我们诡计多端，
不知羞耻、恶毒、无情无义，

我们都是一些冷酷的人，
会造谣中伤，愚昧，是奴隶；
我们心中充满了罪恶，
但是你应该爱亲近的人，
你应该大胆地给我们训诫，
而我们也会听从你的指引。

诗　人

走开吧，与人为善的诗人
和你们从来就没有什么相干！
你们都在淫乱中麻木吧，
琴声不能使你们改恶从善！
你们像棺木一样叫人恶心。
由于你们的愚蠢和恶毒，
你们直到如今还保存着
皮鞭、监狱和杀人的刀斧。
够了，没有理性的奴隶！
在你们城里喧闹的大街上
清扫垃圾——倒是有益的事！
但你们的祭司能否放下
他那些礼拜、祭坛和祭祀，
拿起扫帚来清扫垃圾？
我们是为了灵感，为了
甜蜜的音响和祈求而生，
不是为了生活上的琐事，
不是为了贪婪和战争。

* * *

我从前是怎样，现在还是怎样。①

我从前是怎样，现在还是怎样：
我快乐而多情。你们都知道，我的友伴，
难道我能看到美女而毫不动心，
难道我能不暗自激动，悄悄怀着爱怜。
爱情在我的一生中还沸腾得不够？
在塞浦律斯撒下的骗人情网中，
难道我不像一头幼鹰久久挣扎扑腾？
可是成百次的委屈并不能使我悔悟，
我仍把殷切的恳求带给新的意中人……

① 题词引自法国诗人安德烈·谢尼埃的诗。原文为法文。

幼儿墓志铭[①]

在永恒的造物主宝座近旁，
在快乐的宁静中，为光环烛照，
他含笑看着人间的流放，
为母亲祝福，为父亲祈祷。

① 十二月党人谢·沃尔康斯基的妻子玛丽娅随丈夫去西伯利亚服苦役，将不满周岁的儿子尼古拉留在父母亲家中，1828 年 2 月刚满 2 岁的尼古拉夭折，普希金为他写了这首墓志铭，它被镌刻在尼古拉的墓碑上。

* * *

唉！爱情的话语总喋喋不休，
这话语总欲说又止，很平淡，
它总以漫不经心的书信
让你，我的安琪儿，感到厌烦。
但是贪图名利的阿波罗
却让可爱的少女感到悦耳。
她喜欢节奏分明的旋律，
高亢的韵律让她感到快乐。
你害怕莽撞的爱情表白，
你会把情书撕成纸片，
可你会含情脉脉地微笑，
读完用诗体写成的书简。
但愿命运赋予我的才能
从今天起能为我带来喜庆，
然而至今在我生命的荒原中
它虽然培育了我心灵的激情，
带给我的却只有迫害，

或者是两面三刀的诽谤，
或者是诬蔑，或者是幽禁，
难得有一点冷漠的赞扬。

致尼·德·基谢廖夫[①]

到异邦去寻求健康与自由吧，
　但忘却北方却是罪过，
听我说，快去卡尔斯巴德[②]喝矿泉，
　将来方可再和我们共酌。

① 1828 年基谢廖夫就任外交官必须到维也纳去，途中将经过卡尔斯巴德，普希金将这首诗写在基谢廖夫的笔记本上。
② 当时奥地利的城市和疗养地，即今捷克的卡罗维发利。

基尔查里[①]

在布德扎克苍翠的草原上，
有条界河名叫普鲁特，
它绕过俄罗斯管辖的土地，
在那贫瘠荒凉的河口，
有一个默默无闻的村落。
一家家保加利亚人在这里
过着无忧的原始生活，
保持着世代祖先的习俗，
生计……靠辛勤耕作，
他们从来就不知道操心：
大国间如何互相杀戮，
可怕地将他们的命运掌握。

① 这是一篇未写成作品的草稿。

* * *

费多罗夫[1]，请不要登门找我访问，
别让我昏昏入睡，入睡了别把我吵醒。

① 鲍里斯·费多罗夫，低俗撰稿人、诗人。

在安·彼·凯恩纪念册上的题诗[1]

* * *[2]

如果在蓝天下的生活中
存在着迷人的精灵，
她一定长得像你一样，
可我要明智地告诉你：
　　不可能！

---

① 有一次普希金看到凯恩的纪念册，即将其中的法文诗译成俄文，将俄文诗译成法文，下面是这些戏谑的诗。

② 凯恩纪念册中有一首法文诗：

Oh, si dans l'immortelle vie
Il existait un être parfait,
Oh, mon aimable et douce amie,
comme toi sans doute il est fait etc. etc.

大意为：如果在不朽的生活中
存在着完美的姑娘，
啊，可爱的多情女友，
她无疑长得像你一样，等等。

普希金将此诗“翻译”成正文中的四行。

* * *[①]

Amour，exil——
多么荒谬!

* * *[②]

我不敢为您体面地
翻译巴尔科夫的诗，
甚至不敢大声地
说出这样的名字!

* * *[③]

当她两眼水汪汪
亭亭玉立站在我面前……
我心想：“她已离了婚，
就在伊里亚节[④]那一天!”

---

① 一首法文诗下面写着“Ecrit dans mon exil”（写于流放中），普希金即在下面写下此句。(Amour， exil 意为：爱情，流放)

② 德 · 尼 · 巴尔科夫写下一首文理不通的诗，普希金认为无法翻译，写下此诗加以讽刺。

③ 前两行引自波多林斯基的《肖像》一诗，普希金戏仿它，将此诗献给凯恩。

④ 俄历 7 月 20 日，公历 8 月 2 日，是夏秋之交的节日，纪念先知伊里亚。

* * *[①]

带我走吧，走吧，别沮丧，
与我同行会更欢畅。

———

葡萄干，
我不想，
甜饼干，
我不尝，
没有你啊，我的心肝，
吃着水果软糕也不香。

① 凯恩在此诗下面写着：“给安·凯，1828 年 10 月 19 日，圣彼得堡。”

* * *[①]

我生下来就是个可怜的早产儿，
从幼小时候起就成了孤儿；
可怜我尚未成年就娶了妻，
新的家庭对我不欢喜，
当老婆的太太从不和我亲昵。

① 这是一首改写的民歌，未完成。

* * *[①]

大胡子村长阿夫杰伊
向他的女主人鞠躬行礼，
他没有带来复活节的红蛋，
却拿训练过的八哥来代替。
你们也知道，这样的鸟儿
比有的智者还有灵气。
它摆足一副庄重的姿态，
为天国而不断地深深叹息，
并且模仿人语一再说：
“基督复活了！基督复活了！”

---

① 这是一首未完成的诗。

* * *[①]

我的心跟着 Netty 飞去，

　　飞到特维尔，飞到莫斯科，

我常把 R 和 O 忘记，

　　为了 N 和 W。

① 这是一首写给涅蒂的戏谑诗。Netty 即涅蒂，指涅蒂·沃尔夫，奥西波娃的侄女。R 与 O 应分别指罗赛特和奥列宁娜，NW 为涅蒂·沃尔夫。

* * *

多么快啊，在辽阔的原野上，
我那新打马掌的骏马在飞奔！
冻结的土地在它的蹄下
发出多么响亮的蹄声！
我们这冰冻三尺的严寒
对俄罗斯人的健康有益；
双颊比春天的玫瑰更鲜艳，
上面闪耀着血色和寒意。

———

树林和山谷凄凉凋敝，
白日刚露面，立刻就昏暗，
犹如迟归的旅人，暴风雪
就袭来，敲打我们的门窗。

* * *

利欣斯基死了——这是祖国的不幸!
谢尔吉公爵还活着——诸位，你们可放心。

* * *

死者是个耍笔杆的，身材枯瘦，
他为金钱而写作，靠名声饮酒。

断　章[①]

*　*　*

我的朋友，请把我忘记吧，
忘记我就像人们忘记
折磨人的悲伤的梦境，
当早晨的和风吹拂，散去
阴霾和…………

---

① 这几行断章是一篇未完成作品的草稿，对于这个构思普希金曾拟过一个提纲：

年轻人　宴会的主持人，第一杯酒应该敬你。
老诗人　谢谢你的热忱——您敬重的是我的高龄，而不是才能，我的才能已枯竭了。
年轻人　我们尊敬的是你的声望。
老诗人　声望算得了什么？我已经充分享受了这种声望，但它已经过去了。现在是另一个时代，需要另一种灵感，另一种诗人。
甲　给我们吟唱点什么吧。
老诗人　我能给你们吟唱点什么？

《诗人的宴会》一稿也可能与这一构思有关。

* * *

然而你们敬重的是我的年纪

* * *

为生活的煎熬而疲惫不堪，
我要离开这迷误的道路，
我的心渴望着得到宽舒，
我在你身边，珍贵的友伴，
我曾带给你…………

* * *

我醒了——最后的梦境
消失了——……飞去，
但…………天际
还在…………安息

* * *

在我跟前的晶莹酒杯里，
葡萄美酒在冒泡、喷溅。

一八二九

致伊·尼·乌沙科娃[1]

（题纪念册）

您是大自然的宠儿；
它赐予您格外的恩惠，
我们无休止的赞扬，
您只看作讨厌的恭维。
您心中早已明白，
钟情于您无可厚非，
柳腰像西尔菲达[2]轻软，
神态像阿尔米达[3]妩媚，
您那嫣红的芳唇
宛如仪态万方的玫瑰……
我们的诗，我们的散文
您只觉得嘈杂而无谓。
但对您的美貌的回忆

---

① 伊丽莎白·尼古拉耶夫娜·乌沙科娃（1810—1872），普希金的女友，叶卡捷琳娜·乌沙科娃的妹妹（参见《致叶·尼·乌沙科娃》一诗）。
② 中世纪传说中的仙女，身轻如风。
③ 意大利诗人塔索长诗《解放的耶路撒冷》中的女主人公，美女。

却暗暗扣动我的心扉——
我将草草写就的诗句
谦卑地抄在您的纪念册里。
在那些日子，当围墙尚未
竖立在普列斯尼亚[①]周围，
也许您会不由得想起
一个人，他曾把您赞美。

① 莫斯科的一个区。乌沙科娃家在普列斯尼亚广场，当时尚未有许多建筑。

致Е. П. 波尔托拉茨卡娅[①]

如果上帝可怜我们，
如果我没有受绞刑惩罚，
我将投到你的脚边，
在乌克兰的樱桃树荫下。

---

① 这首诗是写给凯恩的妹妹的。凯恩在回忆录中写道："有一次他来看我，我正在写信给小俄罗斯的妹妹，他便在我的信上写下：如果上帝可怜我们……"

＊　＊　＊[①]

马车快到伊若雷[②]的时候，
我举目望了望洁净的天空，
我不由得想起您的眼神，
想起您那碧蓝的眼睛。
虽然您那少女的美貌
使我的心郁郁地沉醉，
虽然我在特维尔省那里
曾经被人戏称为恶鬼，
但是当我出现在您面前，
我却不敢贸贸然下跪，
我不想发出钟情的恳求
去随便惊动您的心扉。
也许我会闷闷不乐地
沉醉于社交界的酒绿灯红，

---

① 这首诗是写给阿·尼·沃尔夫的表妹叶·瓦·维里亚雪娃的，普希金在沃尔夫的特维尔省庄园结识她。
② 彼得堡前面最后一个驿站。

在麻木中暂时勉强忘记
您那姣好可爱的面容、
轻柔的身段、端庄的举止、
您那谨慎节制的谈论、
谦逊娴雅的文静神态、
调皮的笑靥和调皮的眼神。
如果不是这样……过一年,
我将顺着原来的路径,
来到你们宁静的田野,
不到十一月就钟情于您。

预 兆[①]

我来看您，快乐的梦幻
一幕幕在我脑际萦绕嬉戏，
明月在我右边泻下银辉，
伴随我矫健轻捷的步履。

我乘车走了，另一些梦幻……
我那苦恋的心是多么惆怅，
明月在我左边愁眉苦脸
一路伴着我返回村庄。

在孤寂中，我们这些诗人
总沉湎于没完没了的梦想；
于是带有迷信的预兆
便应和了内心的情感。

① 关于这首诗，诗人的女友凯恩在回忆录中写道："过了几天，在一个傍晚，他（普希金）来找我，在一只小凳（这只小凳我还保存着，把它当作一件圣物）上坐下，在一张便条纸上写下（这首诗）……写完以后，他用那嘹亮的声音朗诵着：'明月在我左边愁眉苦脸/一路伴着我返回村庄。'同时笑着说：'当然是在左边，因为我是在往回走。'"

文坛消息[①]

在极乐世界，特列季亚科夫斯基
（一个极俏皮的男人，得到许多赞扬）
满腔热情地经营他的杂志。
波波夫斯基[②]自告奋勇前去支持，
叶拉金[③]也答应送上自己的文章。
库尔加诺夫[④]亲自主持杂志的评论，
《语文读本》想再次炫耀才气，
据说这几天他们都满怀信心，
开始这项极其有益的活计，
只有瓦西里·特列季亚科夫斯基
等着及时赶来………………

① 这首诗是讽刺卡切诺夫斯基的，普希金认为他主编的《欧罗巴导报》的观点太陈腐，像死人办的一样。诗中的人物都是死人。
② 尼·尼·波波夫斯基（1730—1760），《莫斯科新闻》的第一任编辑。
③ 伊·佩·叶拉金（1725—1794），喜欢用古字的翻译家。
④ 尼·加·库尔加诺夫（1725—1796），教授，著有《自学语文读本》。

讽刺短诗[①]

受到杂志的残酷侮辱，
酷评家帕霍姆深感痛苦；
于是他打小报告控诉检查官；
但检查官没错，我们笑，酷评家失算。
骂街当然显得很无耻。
不能骂：有那么一个老家伙，
戴眼镜的山羊，讨厌的诽谤者，
又恶毒，又下流。这只是人身攻击。
但是可这样发表，比如：
这先生是个诗坛老信徒，
（他的论文）只是连篇废话，
干巴呆板，枯燥无味，
文章晦涩，甚至愚昧，
他不是个人物，只是个文学家。

① 此诗讽刺卡切诺夫斯基，因他攻击普希金的《文学编年史片断》没有什么文学内容，只是一些人身攻击，并控告了准许发表此文的检查官。

* * *[1]

诗人兼赌徒，啊，贝维雷[2]兼贺拉斯，
你输掉了成捆成捆的票子，
还有银钱，祖先的遗产，
马匹，连车夫也不能幸免——
如果你的诗能值一文钱，
你也会乐于把自己的诗章
押在纸牌上，押给那贼婆娘。

---

① 此诗是因维利科波利斯基给普希金的一封回信而作的。诗人兼赌徒即指维利科波利斯基。

② 贝维雷是法国作家索伦的喜剧《贝维雷》的主人公，赌徒。

讽刺短诗

在古代的老东西戈切尔戈夫斯基[1]
枕着罗林的著作长眠的地方，
当代的特列季亚科夫斯基[2]
又在装神弄鬼，装模作样；
这个蠢材，背对着阳光，
在他那冰冷的《导报》掩护下，
不断地泼洒着死亡之水，
还在旧字母上将活命水喷洒。[3]

---

① 普希金对特列季亚科夫斯基的戏称。这个名字和特列季亚科夫斯基的音相近。特列季亚科夫斯基译过法国历史学家罗林（1661—1741）的《古代史》。
② 指卡切诺夫斯基。
③ 卡切诺夫斯基喜欢在《欧罗巴导报》上用一些已经不再使用的旧字母。

*　*　*

（寄赠斯芬克司青铜像附诗）①

是谁在雪地里栽培忒奥克里托斯②的多情玫瑰？
告诉我：是谁在铁的时代预言黄金的世纪？
那德国诞生具有希腊人心灵的斯拉夫青年是谁？
请猜猜，机灵的俄狄甫斯③，我这个谜语！

---

① 杰尔维格的一本诗集出版后，普希金写这首诗赠给他，其中包含着对杰尔维格诗作的评价。

② 忒奥克里托斯（约前325—约前267），古希腊田园诗人。

③ 希腊神话中底比斯王拉伊俄斯的儿子，曾猜出带翼狮身女怪斯芬克司的谜语。此处指杰尔维格。

* * *[1]

夜晚的雾霭笼罩着格鲁吉亚的山峦，
　　阿拉瓜河在我面前淙淙流淌。
我忧郁而平静，心头的哀愁已经化开，
　　心头的哀愁充满了你的形象，
你的形象，只有你的形象……没有什么
　　能惊扰和折磨我惆怅的心怀，
心又燃烧起来，充满了情爱——因为
　　它不能不爱，不能不爱。

---

① 这首诗写于赴埃尔祖鲁姆途中。维亚泽姆斯卡娅将这篇诗稿寄给在西伯利亚的沃尔康斯卡娅时，告诉她，这首诗是献给娜·尼·冈察罗娃（普希金的未婚妻）的。

致卡尔梅克姑娘

再见，可爱的卡尔梅克姑娘！
一种值得称赞的习惯
故意和我的意愿作对，
差点儿把我带到草原上，
跟着你的大篷车去游玩。
不用说，你的眼睛细小，
鼻子扁平，额头很宽大，
你不会胡乱说几句法语，
腿上也没有绷上丝袜，
你不会像英国人在茶炊前面
把面包撕成好看的图案，
你不会啧啧称赞《桑-马尔斯》①，
对莎士比亚也不会稍加评判，
你不会耽于美丽的幻想，
当你脑子里空无一物，

① 法国浪漫主义作家维尼（1797—1863）的小说。

你不会哼几句“在什么地方”[1]，
在集会上你也不跳加洛普[2]……
这又何妨？整整半点钟，
当仆人忙于为我套车时，
你的目光和野性的姿容
是如此使我的心智入迷。
朋友们！这难道不是一回事：
在辉煌的大厅，在时髦的包厢，
或者在流浪的大篷车里面，
让空虚的心灵把一切遗忘？

① 意大利歌剧《被遗弃的狄多》中的咏叹调。原文为意大利文。
② 一种二拍子的快速轮舞。

*　*　*[①]

世上有个穷骑士，
沉默寡言很平常，
外表阴沉而苍白，
内心勇敢而刚强。

他有过一次奇遇，
想来真不可思议，
那印象是如此深刻，
就像铭刻在心里。

他去日内瓦旅行，
路上在十字架附近，
他看见童贞女马利亚！
主耶稣基督的母亲。

① 此诗因未能通过书刊检查，在普希金生前未能发表，后经修改成为小悲剧《骑士时代的几场戏》中的一段。

他从此以后死了心，
对女人不屑看一眼，
直到他寿终正寝，
没有对女人开过言。

从此他不曾从脸上
掀起钢铁的脸甲，
脖子上挂一串念珠，
而把那围巾解下。

这骑士从来不向
圣父、圣子和圣灵
虔诚地祷告祈求，
真是个奇特的怪人。

不知有多少夜晚，
他站在圣母像前面，
哀伤的眼睛望着她，
眼泪流得河一般。

满怀虔诚和爱心，
对上帝坚信不渝，
盾牌上用鲜血写下：
“圣母啊，愿你欢愉。”①

---

① 原文为拉丁文。

这时候别的骑士
正迎着战栗的敌人，
驰骋在巴勒斯坦平原，
嘴里喊着女人的芳名。

“天上的光，神圣的玫瑰！”①
他兴奋地高声呼喊，
而异教徒从四面八方
正向他逼近追赶。

他回到遥远的城堡，
从此就闭门不出，
一直忧伤而沉默，
不领圣餐作了古。

就在他弥留的时候，
狡猾的精灵来迎接，
魔鬼要把他的灵魂
带往他居住的境界。

他说骑士不祷告，
也不把斋戒遵守，
他追求基督的母亲，
这事做得不对头。

---

① 原文为拉丁文。

但那圣洁的童贞女
自然挺身把他袒护，
圣母把骑士永远
请进她居住的国度。

译哈菲兹诗[①]

（幼发拉底河岸的军营）

啊，年轻的美男子！
别迷恋战斗的荣誉，
别投入血腥的争战，
同卡拉巴赫[②]人为敌！
我知道，死神不会来找你，
阿兹拉伊[③]在枪林弹雨中
会发现你俊美的容貌，
定会对它手下留情！
我只是担心，在战斗中
你也许会永远失去
彬彬有礼的举止，
温柔腼腆的魅力！

---

① 这首诗手稿中的标题是《一团。致法尔哈特·别克》，“一团”系俄军中的穆斯林骑兵团，法尔哈特·别克在其中服役。在叶卡捷琳娜·乌沙科娃的纪念册中有普希金签名的法尔哈特·别克像。此诗显然不是译自波斯诗人哈菲兹的诗。

② 高加索地名。

③ 穆斯林的死神。

奥列格的盾牌[①]

当斯拉夫人的大军
簇拥着你，尚武的瓦兰人[②]，
展开胜利的军旗
来到君士坦丁堡城门，
为显示俄军的荣誉，
让顽固的希腊人丧胆，
你把纯钢的盾牌
在皇城[③]的大门上高悬。

血战的日子来临，
我们又踏上你的征程，
如今当我们威名远扬，

---

① 1829 年 9 月 14 日，俄土签订《阿德里安堡和约》，结束了 1828 至 1829 年的俄土战争。此诗即为和约的签订而作。

② 指罗斯（古俄罗斯）第二位大公奥列格。他在公元 907 年率军攻克君士坦丁堡，将盾牌高悬在城门上。根据古代编年史，古罗斯大公出身于北欧诺曼民族（即瓦兰人）。

③ 俄罗斯人对君士坦丁堡（即今伊斯坦布尔）的称呼。

又向伊斯坦布尔挺进，
你的山冈在厮杀声中震荡，
你忌妒的呻吟让我们不安，
你古老的盾牌让我军
在伊斯坦布尔门前休战。

* * *[①]

当我用那匿名的讽刺诗
让那酷评家脸上蒙羞，
说实话，我真没有想到，
他竟会回答我挑战的要求。
这些传闻果真是事实？
他能够负责？真的是这样？
难道我这个傻瓜竟承认，
他挨了我的一记耳光？

① 普希金发表了两首针对卡切诺夫斯基的讽刺诗，《欧罗巴导报》随即发表了一篇文章（纳杰日金作），说普希金“热衷于写恶毒的歪诗和谩骂”，普希金即以此诗作答。

* * *[1]

你是个幸运儿，在漂亮的傻姐儿中，
在职务，在赌场，还在饮宴里，
论漫画，你是 St.-Priest[2]，
论写诗，你是涅列津斯基[3]，
你在决斗中曾被子弹打穿，
你在战争中曾被敌人乱砍，
虽然你是个真正的英雄，
但你却是个地道的浪荡汉。

---

① 此诗是写给鲁·多罗霍夫的，他是普希金的朋友。
② 圣·普里，漫画爱好者。
③ 涅列津斯基-梅列茨基（1752—1829），俄国感伤主义诗人。

鞋　匠[1]

（寓言）

有一次某鞋匠端详着一幅画，
他指出图画中鞋子的错误，
画家立即拿起笔，随手改了改。
鞋匠手叉腰，看了看又指出：
“我觉得，这张脸有点儿扭曲，
而这胸脯也似乎太裸露……”
阿佩莱斯立即打断他的话：
“朋友，除了鞋子请别瞎咕咕！”

我也想到了一个朋友：
不知道他在哪一种营生中
是行家，虽然他嘴里不饶人；
可是他竟想要批评上流社会，
就让他去批评鞋子，看他行不行！

---

① 这首诗是讽刺纳杰日金的，因为他胡乱批评普希金的长诗《努林伯爵》。

顿　河[1]

在辽阔的田野中熠熠闪光，
啊，它在奔流！……你好啊，顿河！
我从你远方的子孙那里
给你带来了亲切的问候。

许多河流把你看作光荣的兄弟，
它们都知道静静的顿河！
我从阿拉斯和幼发拉底[2]那里
给你带来了亲切的问候。

经过急速的长途奔驰，
顿河的骏马已经歇息，
正啜饮着阿尔帕柴[3]的清流，

---

① 这首诗是在从埃尔祖鲁姆的返途中写成的。
② 阿拉斯河是流经土耳其、俄国和伊朗的河流，它的上游离埃尔祖鲁姆不远。幼发拉底河流经土耳其、叙利亚、伊拉克等国，它的源头离埃尔祖鲁姆不远。
③ 阿尔帕柴河是阿拉斯河的支流。

感受到祖国的温暖和甜蜜。

请准备好吧，神圣的顿河，
请为我们英勇的骑手
准备好你那葡萄园里酿成的
沸腾的、闪闪发光的美酒。

旅途怨言

一会儿坐马车，一会儿骑马，
一会儿坐篷车，一会儿坐轿车，
一会儿坐驿车，一会儿步行，
该多久，我要在世上奔波？

不是在祖传的窝棚里面，
也不在埋葬祖先的坟场，
看来上帝注定我要死在
无休无止流浪的大路上，

死在马蹄踩过的乱石上，
死在山路上的车轮底下，
死在洪水冲出的沟壑里，
或死于桥梁突然坍塌。

或者黑死病把我勾去，
或者暴风雪把我冻僵，

或者不灵便的残废军人
用栏木把我的额头击伤。

或者在树林里遇上强盗，
他一刀就把我置于死地，
或者落到某个检疫所，
由于郁郁不欢而死去。

我是否还要久久地遵守
强制的斋戒而忍受饥饿，
心里怀念雅尔[①]的蘑菇，
权用冷牛肉解除饥渴？

要是在老家，该有多么好，
那就能在米亚斯尼茨卡[②]驰骋，
闲暇时心中盘算盘算
有关乡下和未婚妻的事情！

该有多好啊，有一杯朗姆酒，
夜里有好梦，早晨有茶点，
弟兄们，在家里该有多么好！……
唉，还是走吧！把车往前赶！……

---

① 莫斯科一家饭店。
② 莫斯科一条街道。

* * *[1]

(11 月 2 日)

冬天。我们在乡下该做些什么事?
我问给我端来早茶的仆役:
天气暖和吗?暴风雪是不是停息?
地上是不是积雪?是不是可以
起床套马,或者还是先翻翻
向邻居借来的旧杂志,直到吃午饭?
积了雪。我们起床,立刻骑上马,
在田野上奔驰于熹微的曙光之下;
手里执着长鞭,猎狗跟在后面,
双眼注视着灰白的雪地上边,
转了转,搜索过,天色已经不早,
追猎过两只兔子,只得往家里跑。
多么快活啊!但天黑了,暴风雪在咆哮,
烛光幽暗,心头郁积着烦恼;

---

① 此诗写于特维尔省巴甫洛夫村巴·伊·沃尔夫庄园。

我一滴一滴将寂寞的毒酒独酌。
想看看书报；眼睛从字母上溜过，
思绪飞往九霄云外……我把书合上，
拿起羽笔，坐下来，冥思苦想，
要从瞌睡的缪斯那儿挖出几个字。
可怎么也难以押上韵……我完全失去
对诗韵这古怪女仆的一切权利：
诗句冰冷而模糊，有气无力。
我筋疲力尽，不再和诗琴争辩，
往客厅走去，在那里听客人闲谈，
他们谈着近期的选举，谈到糖厂；
女主人阴沉着脸，像今天的天气一样，
她编织着，手里灵巧地活动着钢针，
或者占卜着红桃老K的命运。
苦闷哪！就这样在寂寞中苦度时日！
但当我们坐在角落里下跳棋，
傍晚时突然有一辆载人的马车
从远方来到这座荒凉的村落，
来了一家人：老太太和两位少女
（两姐妹，鬈发淡黄，亭亭玉立），——
这穷乡僻壤立即热闹起来！
上帝啊，生活就变得丰富多彩！
起初从一旁默默地端详对方，
然后交谈几句，接着拉起家常，
跟着是友爱的谈笑，晚间的歌曲，
飞转的华尔兹，桌子旁边的低语，

懒洋洋的凝视，带着挑逗的言谈，
狭窄楼梯上依依不舍的会面；
于是少女暮霭中走出大门外，
袒胸露臂，任风雪扑面打来！
北方的风雪无害于俄罗斯玫瑰，
严寒中的热吻是那么令人陶醉！
俄罗斯少女在雪花中是多么艳丽！

冬天的早晨

严寒和太阳，美好的一天！
俊俏的人儿，还睡意蒙眬——
不早了，美人儿，你快醒来：
睁开你甜美安睡的明瞳，
出来迎接北国的曙光，
你也是一颗北方的明星！

你还记得，昨夜风雪交加，
混浊的天空布满阴霾；
透过阴沉的乌云，月儿昏黄，
像一个斑点，微微发白，
你坐在那里，神情忧郁，
可是现在……且看看窗外：

在淡淡的蔚蓝色天空底下，
像一块绚丽夺目的地毯，
茫茫的积雪反射着阳光；

只有光秃的树林显得幽暗，
蒙着霜花的枞树苍翠欲滴，
小河在薄冰下晶莹璀璨。

整个房间被琥珀色的光辉
照亮。壁炉里火光熠熠，
发出愉快的爆裂的声音。
在床上幻想是多么惬意。
可是你说，要不要吩咐
给雪橇套上棕色的马匹？

亲爱的人儿，让我们乘上
雪橇，滑过清晨的白雪，
任凭烈性的快马奔跑，
我们要去看看空旷的田野，
不久前还是葱郁的树林，
还有那河岸，它是那么亲切。

讽刺短诗

白发的嘘嘘斯托夫[①]！你曾光荣地称王，
是时候了，是时候了！请摘下你的王冠：
你那年轻强壮、意气风发的爱徒，
我们的伟大歌手，他将为你接班！
瞧，那著名的座谈客[②]正听着我的话，
不可违拗的天意正成为现实，
他那年轻的继承人已经出现，
嘘嘘斯托夫二世[③]正昂然登上王位！

---

① 指赫沃斯托夫。
② 指“俄罗斯语文爱好者座谈会”成员。
③ 指纳杰日金，因他的诗歌风格酷似赫沃斯托夫，故普希金认为他是赫沃斯托夫的继承人。

讽刺短诗[1]

小男孩向福玻斯呈上颂诗，
“兴趣是有的，但脑子太简单。
请问，他今年多大年纪？”
“十五。”“只有这么大？好，拿教鞭！”
接着，这个中学生便送上
一册浅薄庸俗的论文，
于是贺拉斯咬紧嘴唇，
为福玻斯朗读第一页的文章。
福玻斯像服了麻药昏沉沉，
一气之下便打断了他，
下令把这成年的小混混
施以刑罚，用棍棒痛打。

① 此诗是讽刺纳杰日金的。

* * *[①]

我曾经迷恋过您，也许，爱情尚未
完全从我的心灵中消泯
但愿它不再让您烦恼，
我丝毫不想让您伤心。
我默默地无望地爱过您，
为胆怯和忌妒而暗暗悲伤，
我爱您是如此真挚缠绵，
但愿别人爱您，和我一样。

① 这首诗是写给谁的，无从查考。一说诗中的“您”是指卡罗莉娜·索班斯卡娅，普希金在敖德萨时结识的女友。

*　*　*[①]

走吧，我准备好了，朋友们，不管到哪里，
不管你们想到哪里去，我都准备
跟着你们去游历，以逃避那高傲的姑娘：
可以到遥远中国长城脚下去游荡，
可以到热闹的巴黎，可以最终造访
夜间船夫不再歌唱塔索的地方，
到那骸骨在古代城市废墟下沉睡、
柏树成林散发着扑鼻芳香的地方去，
到哪里都可以。我们走吧，但是，朋友们，
告诉我，我的爱情会不会在漂泊中耗尽，
我会不会忘却那高傲、折磨人的少女，
或者将我的爱情作为一贯的厚礼
献到她的脚下，抚慰她少女的恼怒？
…………

---

① 1829 年 4 月普希金向娜 · 尼 · 冈察罗娃求婚，未得到明确答复，心情不好，因而写下此诗。普希金在此诗中提到想到国外去，后因未得到沙皇批准未果。

* * *

每当我在热闹的大街上漫步，
或走进信徒众多的教堂，
或在狂热的少年中小坐，
我都沉浸于深深的遐想。

我要说：岁月在飞快地流逝，
无论我们这里有多少人，
总免不了都要命归黄泉，
而且有的人大限已临近。

每当我瞧着那孤独的橡树，
我就想：这位树木中的族长，
将比我被遗忘的一生更长命，
犹如比我的祖先活得更久长。

每当我抚爱着可爱的婴儿，
我心里就不由得想着：再见！

我将为你让出生存的地方：
我该腐烂了，而你将成长灿烂。

每一天，每一年，我都惯于
在深深的思索中将它们度过，
哪一天是我未来的忌辰，
我总是竭力把这一天猜测。

我的命运将让我死在何方？
在战场，在旅途，还是大海？
也许是邻近葱茏的山谷
将埋葬我这冰冷的遗骸？

虽然我这无知觉的遗体
在哪里腐烂都是一样，
但我还是更想要安息在
我喜爱的地方，在它的近旁。

让那些年轻的生命尽情地
在我的墓门前欢跃嬉戏，
让那静谧的大自然在那儿
永远显示它千姿百态的美。

高加索[①]

高加索展现在我的脚下，我独自高高
站在悬崖边上，底下是积雪的峰巅；
一头苍鹰从远处的山峰上骤然腾起，
平稳地翱翔着，飘然来到我的眼前。
我从这里看到那些急流的发源地，
那惊心动魄的雪崩发生时又多么壮观。

这里，乌云在我的脚下缓缓地飘过；
瀑布穿过乌云轰响着向下奔泻；
乌云下边是一座座嵯峨的巉岩山崖；
底下是干枯的苔藓和灌木的枯叶；
再往下是一片片树林，处处绿树成荫，

① 这首诗是普希金在埃尔祖鲁姆之行中写作的，普希金原打算续写下去，但未完成。下面续写过四句：
法律就是这样迫害自由的激情，
蛮族就是这样在强权下受苦，
如今无言的高加索就是这样发怒，
异己的力量就是这样压迫它……

那里小鸟在啁啾，麋鹿在戏耍跳跃。

山坳里已有一些人在那里安家落户，
山羊在肥沃的山崖上缓缓地爬行，
一个牧人正走下风光明媚的山谷，
阿拉瓜[①]在浓荫蔽日的两岸当中奔腾，
一个贫寒的骑手隐入峡谷的小路，
捷列克在那里嬉戏，显得那么凶猛；

它嬉戏着，咆哮着，像一头初生的野兽，
在铁笼里远远看见了外边的吃食；
它怀着徒然的敌意猛烈冲击着两岸，
用它那饥饿的浪涛舔舐着巉岩绝壁……
但是枉然！它既吃不到，也没有快乐：
无言的峭壁威严地将它紧紧管制。

① 阿拉瓜和下文中的捷列克是高加索的两条大河。

雪　崩

巨浪轰响着，激起水花，
在阴郁的山崖上撞得粉碎，
我的头上雄鹰在鸣叫，
　　松林在絮语，
群峰在升腾的薄雾之中
　　银光熠熠。

有一次，巨大的雪块从那里
崩裂，隆隆地往崖下倾覆，
顿时堵塞了山崖之间
　　狭小的山谷，
阻遏了捷列克河凶猛的巨浪
　　前进的脚步。

啊，捷列克河，你困倦了，平静了，
你不再发出震天的怒吼，
但后浪还是怒不可遏，强行

把雪堆冲破……
你又撒起野来，狂暴地
把两岸淹没。

崩落的积雪久久没有融化，
庞大的雪块阻止了河流的通行，
于是愤怒的捷列克从它底下穿过，
它扬起水尘，
哗哗地翻起浪花，流过
冰雪的穹隆。

于是雪堆上出现了一条大道，
那上面，犍牛在迈步，骏马在奔驰，
草原上的商人也牵着骆驼
在这里来来去去，
如今在那里飞奔的只有天庭的
居民埃俄罗斯①。

---

① 此处指风。

土耳其骑兵[1]

双方躲在山冈后对射，
我营与敌营对峙在山中；
一个红衣的土耳其骑兵
在山冈上朝着哥萨克绕行。

土耳其骑兵！别闯进散兵线，
你要顾惜自己的生命；
豪勇的游戏顷刻间阿门[2]：
当心突然在长矛下丧生。

喂，哥萨克！别冲向战场：
土耳其骑兵正全力以赴，
他会挥起弯弯的军刀
砍下你那剽悍的头颅。

---

① 1829 年 6 月 13 日普希金在萨甘-卢山中目睹俄土两军战斗，构思了此诗。
② 基督教祈祷结尾语，意为但愿如此。此处作“完蛋”解。

奔驰着，在呐喊声中厮杀……
你们快瞧啊！结果怎么样？……
土耳其骑兵被长矛刺中，
哥萨克的头颅已不知去向。

卡兹别克山上的修道院

卡兹别克山啊，你耸立在群山之上，
你那帐篷似的巍峨峰巅
闪耀着永远不灭的光芒。
你那隐藏在云彩后面的修道院，
宛如在天空中飘荡的挪亚方舟[①]，
在群山之上飘浮，若隐若现。

那是我所渴望的遥远的彼岸！
我多么想对山谷说一声“再见”，
登上那视野广阔的峰巅！
我多么想走进那云雾中的小室，
从此隐居在上帝的身边！……

---

① 《圣经》故事：太古时候，上帝降洪水除灭世上的一切生灵，义人挪亚奉神谕造方舟，带全家和用来留种的各种动物躲进方舟，幸免于难。150天后，洪水消退，挪亚一家和各种动物又重新繁殖。

昆虫标本集[①]

一群多么小的小牛！
真的，比别针头还小。
——克雷洛夫

这是我的昆虫标本集，
让诸亲好友开开眼界：
瞧这彩色缤纷的家族！
为搜寻它们我踏破铁鞋！
这里每一只都经过精选！
这是＊＊＊，一只瓢虫，
这是＊＊＊＊＊＊，毒蜘蛛，
这是＊＊＊，俄罗斯甲虫，

---

① 普希金发表此诗时，认为可以在星号处填上许多人名，后来有许多人都拟出了名单，较有代表性的是作家米·彼·波戈金所拟的名字：

这是格林卡，一只瓢虫，
这是卡切诺夫斯基，毒蜘蛛，
这是斯维宁，俄罗斯甲虫，
这是奥林，一只黑蚂蚁，
这是拉伊奇，一只小爬虫。

这是 * *，一只黑蚂蚁，
这是 * * *，一只小爬虫。
瞧我搜集了多少标本！
我把它们用别针刺穿，
钉在讽刺短诗的边上，
整齐地放在玻璃下面。

* * *[①]

当唧唧喳喳的流言对你
小小的年纪百般诋毁，
根据上流社会的判决，
你被剥夺了应有的名誉，

我独自一人在冷漠的人群中
分担着你所经受的苦痛，
我曾经为你向无情的权威
发出请求，但又有何用！

上流社会……并不想改变
它所发出的残酷的指摘，
它并不惩罚那错误的行径，
只求把它们严密地掩盖。

① 这首诗是写给阿·费·扎克列夫斯卡娅的。

无论是那徒有虚名的钟爱，
还是那充满伪善的迫害，
都只能一样加以蔑视：
对这些你都不必理睬；

别饮下那令人苦恼的毒鸩，
离开那显赫而沉闷的人群，
抛弃那些疯狂的玩乐：
在这里你还有一个友人。

题征服者的半身雕像[①]

你枉然发现这里的错误：
艺术家的手竟把笑意
赋予大理石雕成的双唇，
冷峻的额头却凝聚着怒气。
表情的矛盾并非偶然。
这位统治者原本是这般，
脸上和生活中喜怒无常，
这是小丑常有的习惯。

① 此诗系题丹麦雕刻家托瓦尔森（1768/1770—1844）1820 年在华沙所雕亚历山大一世半身雕像。

*　*　*[①]

　你建立的功绩将得到称赞，
你通往我们北方的道路很崎岖，
那里的春天十分短暂，
但是哈菲兹和萨迪的名字
在那里……人们都熟悉。

　你将造访我们北方的疆域，
在那里留下足迹……
你将把东方幻想的花蕾
撒在我们北方的雪地。

① 1829年普希金在赴埃尔祖鲁姆途中遇到波斯诗人法齐尔汗，因而写下此诗。

*　*　*

在那令人陶醉的雅典城，
有一个阔绰的公民克里东，
在他青春年少的岁月，
沉溺于生活的种种享乐中。
有一次，朋友，请听我说端详，
他在凯拉米克那地方游荡，
突然从千年的古老树林里
走出一个年轻的仙女，
她浑身焕发出少女的俏丽，
身上的衣裳简朴而飘逸。
在圆柱之间的澡房前面，
她只停留了瞬息时间，
然后走进屋里去。他愣愣地
望着那扇门。那里是一场梦，
他的美人儿再没有出现。

题《涅瓦丛刊》中的《叶甫盖尼·奥涅金》插图[①]

一

这才走过科库什金桥，
倚着……花岗岩河堤，
亚历山大·谢尔盖伊奇·普希金
和麦歇[②]奥涅金并肩站立。
对命定权力设立的堡垒
不屑投去轻蔑的一瞥，
他傲慢地将屁股对着要塞：
亲爱的，别往井里乱吐痰液。

二

衬衫里透出黑黑的肚脐眼，

① 1829年《涅瓦丛刊》刊登了A.诺特别克为《叶甫盖尼·奥涅金》制作的六幅插图，普希金即为此写了上述这两首诗。
② 法语“先生”一词的音译，讽刺词语，泛指法国人。

露出了…………真好看！
达吉雅娜手里揉着纸团，
因为她这会儿胃痛又患：
于是在淡淡的月光底下，
她早早地就勉强起了床，
在…………撕毁的
当然是那本《涅瓦丛刊》。

* * *[①]

我们又一次赢得了荣誉，
傲慢的敌人又一次被战胜，
埃尔祖鲁姆的血战已停止，
《埃迪尔内[②]和约》已宣布签订。

俄罗斯军队又挺进了一步，
声威赫赫地包围南方，
已把波尔-埃弗克辛城
收入严严实实的罗网。

奋起吧，啊，希腊，奋起吧。[③]
你并非白白地奋力战斗，
战争也不是白白地震荡

① 这是一首未完成的诗篇，为 1829 年 9 月 14 日签订的俄土《阿德里安堡和约》而作。根据和约，希腊取得独立。
② 阿德里安堡的土耳其名称。
③ 此句摘自希腊革命民主主义诗人里加斯（约 1757—1798）所作的一篇革命颂歌。

奥林匹斯、品都斯和德摩比利山口。[①]

你们高唱着提尔泰奥斯[②]、拜伦
和里加斯[③]的热情洋溢的诗篇，
英雄和诸神聚集的国度
已经挣脱奴役的锁链。

在他们古老城楼[④]的浓荫下，
在伯里克利……的坟茔上，
在雅典娜大理石雕像的……
南方的自由已经诞生。

---

① 这些都是希腊民族解放战争发生激战的地方，属希腊。

② 提尔泰奥斯（前7世纪下半期），古希腊抒情诗人，传说是一个瘸腿教师。斯巴达要求雅典出兵相助，于是雅典便派他一人去声援，他用自己的歌曲鼓舞了斯巴达人的士气。

③ 里加斯（1757—1798），希腊爱国人士，创作了许多歌颂自由的歌曲。

④ 指雅典卫城，因建于陡坡，高耸在全雅典城之上。

* * *

点名号在吹响……衰老的但丁
从我的手中掉落在地上，
刚在唇边读出的诗行
没有读完便归于沉静。
我的思绪已飞向远方。
多熟悉的声音，多悦耳的声音，
在久远的往昔，我曾悄悄
成长的地方，你常常响起，
在我的耳边萦回缭绕。

* * *[1]

指望得到我的蔑视，
白发的酷评家将我谩骂，
因此我已经失去耐心，
决定写一首诗作为回答。
想沽名钓誉简直发了疯，
如今指望得到我的答复，
办杂志的小丑，狡猾的奴才，
还想破口大骂，噢，不！
就让他像个日祷前的魔鬼，
片刻也得不到一点安宁：
狗奴才，好好蹲在前厅里，
跟老爷来把账目结清。

---

① 此诗因卡切诺夫斯基（即诗中的白发酷评家）主编的《欧罗巴导报》发表纳杰日金的谩骂文章而作。

*　*　*

我曾去过顿河人那边，
同他们驱逐奥斯曼匪帮[①]；
回家时我带上一根马鞭，
以纪念战斗和住过的篷帐。

在远征路上，在战争时期，
一把三弦琴常和我做伴，
我把它带在身边，在墙上
还挂上我那根带回的马鞭。

我无须对朋友躲躲闪闪——
我偏爱自己的那个女人，
我心中常常把她思念，
于是把马鞭好好地保存。

① 指土耳其人。

* * *[1]

一份绝非欧罗巴的杂志，
老编辑累得筋疲力尽，
一个痴呆的中学生走进来，
带着奴颜媚骨的散文。

① 此诗讽刺卡切诺夫斯基主编的《欧罗巴导报》所发表的纳杰日金的文章。诗未写完。

*　*　*

叶莲娜，你为何如此慌张，
满怀着忌妒，以如此的速度
到处跟随在我的后面，
匆忙地关注着我的每一步，
严密地监视……我是你的。

* * *

唧唧喳喳的白肚皮鸟儿
落在我家篱笆柴门下，
一只花喜鹊跳来跳去，
预告着有客今日来我家。

一阵不同寻常的铃铛声
在我的耳边叮当鸣响，
在嫣红的…………朝霞中
纷飞的雪花在闪耀着银光。

皇村中的回忆[1]

为回忆往事而心情激荡，
我满怀甜蜜的思念之情，
花园是那么绮丽，在你神圣的薄暮中，
我低头走进你的胜境。
犹如《圣经》中的少年，挥霍无度，[2]
把满满的悔恨之杯啜饮干净，
终于看见自己亲切的家园，
于是低下头来，痛哭失声。

怀着转瞬即逝的狂热，
处身无益的浮华旋风，
啊，我耗费了许多心灵的财宝，
为了那无法实现的幻梦，
我久久地流浪，常累得筋疲力尽，

① 这是一首未完成的诗稿，仿1814年《皇村中的回忆》。
② 指《圣经》中浪子回头的故事。

我痛心疾首，预感将遇上灾星，
我思念着你，这幸福美好的境地，
　　想象着这些花园的美景。
　　我想象着那个幸福的日子，
　　皇村学校在你们当中诞生，
我又听见我们嬉戏时的欢声笑语，
　　重新看见一大群友朋。
我又成了亲切的少年，热情而慵懒，
心中秘藏着许多朦胧的幻梦，
我在草原和沉寂的树林里流浪，
　　像诗人一般怡然忘情。

　　我历历在目地看见眼前
　　浮现出昔日令人骄傲的遗迹。
伟大女皇喜爱的花园中仍处处
　　使人想到她往日的瑰伟。
那里有成群的殿堂，雄伟的宫门，
石柱、塔楼和天上诸神的偶像，
叶卡捷琳娜的雄鹰们①的铜像和石雕，
　　这是对他们的表彰和赞扬。

　　英雄们的英灵一个个坐在
　　为他们竖立的石柱旁边，

---

① 指女皇叶卡捷琳娜时代的统帅。

看吧，这是雷神[①]，他席卷敌阵，
　　曾经威震卡古尔河两岸。
这是北方舰队的坚强首领[②]，
他曾欣赏海上的大火飞腾、迸发，
这是他忠实的哥哥[③]，希腊海[④]的英雄，
　　这是攻克纳瓦林的汉尼拔[⑤]。

　　我从童年就在这里长大，
　　常聆听前辈神圣的回忆，
这时候人民战争的滚滚洪流[⑥]
　　正汹涌澎湃，诉说着冤屈。
对血战的关注笼罩着我们的祖国，
俄罗斯在挺进，像波浪涌过身边，
前进着乌云般的骑兵、大胡子步兵
　　和一队队锃光闪亮的炮兵连。

———

　　我们注视着年轻的军人，
　　捕捉着远方战斗的炮声，

① 印欧和斯拉夫-俄罗斯神话中司雷电的神。此处指俄国统帅鲁缅采夫-扎杜奈斯基（1725—1796）。他在1768至1774年俄土战争中，在卡古尔河等地获得胜利。
② 指奥尔洛夫-切什梅。
③ 指费·格·奥尔洛夫（1734—1783），奥尔洛夫-切什梅的哥哥，曾参加切什梅战役。
④ 今爱琴海。
⑤ 指伊·汉尼拔（1736—1801），普希金的舅舅，在切什梅战役中率军攻克纳瓦林。
⑥ 指1812年卫国战争。

我们咒骂着……童稚的年纪，

　　并痛恨学业紧紧缠身。

许多人未能生还，在新的歌声中

长眠着光荣的战士，在鲍罗金诺战场，

在库利姆高地，在立陶宛萧飒的森林，

　　在蒙马特[①]附近……

① 在巴黎郊区。

*　*　*[①]

啊，福玻斯，请你再倾听一首
崇高庄严的歌曲，在你倾圮的圣殿
我将挂起沉默的诗琴，当风暴撼动
你那圣殿的立柱时，我这把诗琴
会发出悲伤的声音……还有一首颂歌，
家神们，请听我歌唱，我要为你们
唱那许诺过的颂歌。宙斯的子民们——
无论你们是否居住在天庭的深处，
或者是至尊的诸神——根据圣贤们的论断，
你们是世上万物生成的根源，
伟大的宙斯和他白发苍苍的夫人，
那智慧的女神，力量的贞女，
雅典的帕拉斯[②]都毕恭毕敬地
追随着你们——你们都值得赞颂。

---

① 此诗是英国湖畔派诗人骚塞（1774—1843）《家神颂》开头部分的译稿。
② 即希腊神话中的雅典娜。

神秘的力量，请接受我的颂歌！
虽然由于被放逐，我久久地远离
你们的祭品和默默无声的祭酒，
我却从未疏远过你们，诸神。
在那些孤独忧伤的漫长岁月里，
我的心灵曾经痛苦地祈求
在你们那神圣的祖居之中安息，
…………因为那里有安宁。
我如此长久地热爱你们！我呼唤你们
来作证，我曾经怀着多么神圣的激情
离开了…………人类，
为了在同自己内心交谈的时候
保护好你们那隐秘的火苗。是啊，
那是些难以言传的快乐时刻！
它们让我领略心灵幽深之处的秘密，
领略心灵的坚强和它的软弱，
它们教会我去珍爱，去呵护
那些并未死亡的隐秘的情感。
它们教会我们最重要的学问：
要尊重自己。啊，不，我永远
也不会停止向你们虔诚地
祈祷，我的诸位家神。

* * *[①]

捷列克河奔流在高山峡谷间，
波浪冲刷着荒野的河岸，
河水在岩礁周围翻腾，
忽左忽右地冲破险阻，
像一头野兽咆哮惊呼，
又突然变得温顺平静。

河水不断地往低处流去，
它已流淌得十分平静。
犹如暴雨引发的洪水，
在风暴过后已不再凶猛。
于是…………露出了
它那乱石累累的河床。

① 此诗描写阻断捷列克河水的雪崩，可参阅普希金《埃尔祖鲁姆之行》第1章。

* * *

可怕又无聊，
这里新居处，
旅途与宿夜。
逼仄而难熬。
在荒野峡谷，
只乌云积雪。

太阳不照耀，
几不见天日，
就像在牢监，
太阳也委屈。
只身多寂寥，
身边仅黑暗。

断　章

*　*　*

阴森悬崖当中的山谷
在我们面前渐渐变得宽敞，
凶险的捷列克渐渐奔腾得平缓，
阳光也照耀得更加明亮。

*　*　*

为美人儿乌沙科娃的形象操劳

*　*　*

啊，文明的精神和经验，
艰难探索的错误的产儿，
天才，奇谈怪论的朋友，
偶然发现，神奇的发明家，
为我们奉献了多少奇妙的发现。